COLLECTION FOLIO

Lucie Rico

Le chant du poulet sous vide

P.O.L

Lucie Rico est née en 1988 à Perpignan. Elle vit à Paris, où elle écrit des scénarios et réalise des films. *Le chant du poulet sous vide* est son premier roman.

I

Au milieu du champ Théodore écrase l'herbe, frappe le sol en piétinements concentriques. Lorsqu'il a tracé un rond parfait, il se fige puis recommence : son dos se courbe, sa tête s'incline, il se redresse. Parfois, une pierre interrompt sa route et il dévie sa trajectoire. La pluie ne le gêne pas, il l'accueille comme une variable neutre.

Aujourd'hui Paule doit le tuer. C'est noté dans son agenda. Le dernier jour, elle l'a accordé à la mère. Même sans salive, la vieille était parvenue à articuler toute une phrase : « Il faudrait tuer Théodore. Le borgne. J'aimerais que ce soit toi qui t'en occupes. » Ce n'était pas le moment d'argumenter, Paule avait hoché la tête, docile. Elle avait pensé qu'elle ne le ferait pas. Une fois la mère morte tout ça n'aurait plus d'importance. Elle rejoindrait Louis à la ville. Il la consolerait de son deuil, ils reprendraient leur vie citadine. Au hasard, elle avait choisi la date de la sentence et noté : « Tuer Théodore », puis entre parenthèses : « borgne ». Elle avait oublié. Et puis au jour dit, c'est revenu.

Paule ne sait plus tuer les poulets, ni même les manger. Vingt ans déjà qu'elle vit sans viande dans la bouche. La dernière fois, elle a seize ans. C'est son anniversaire, elle vient de terminer le steak acheté à l'exploitation voisine et elle fume, fière, sa première cigarette dans le champ, inhalant trop fort, n'osant pas tousser. C'est l'oncle qui lui a offert le paquet. Les poulets gambadent joyeusement à ses côtés, le temps est beau. La mère sort de la ferme, la porte claque derrière elle, ses jambes sont arquées et elle est en colère, peut-être à cause de la cigarette. Paule pense qu'elle va s'en prendre une. La mère tape souvent sans raison. Mais cette fois, la vieille ne s'approche pas. Le regard rivé sur sa fille, elle attrape un poulet par les pattes, comme au hasard, se baissant à peine pour le ramasser, et lui tord le cou. Paule entend le bruit implacable : « Tchouc ». C'est absurde, se dit-elle à cet instant, de tuer un poulet après un si bon repas, juste avant le café. Puis elle comprend : c'est Charles que la mère tient dans sa main, mort. Paule aime Charles. Ils jouent souvent ensemble, elle lui raconte des secrets. C'est son double animal. La mère le jette sur le tronc d'arbre qui sert de billot et abat la serpette. Le sang jaillit. Elle fixe Paule, tout au long de l'exécution. Elle fixe Paule les pieds plantés dans la terre puis secoue avec violence le corps sans tête. Le sang coule encore, l'herbe se teinte de rouge, la robe est tachée. Enfin, lorsque Charles est parfaitement exsangue, la mère jette la dépouille sur le sol et rentre dans la ferme d'un pas lent. Paule reste seule face au cadavre. Sa cigarette s'est éteinte. La nuit tombe. Au repas suivant, elle refuse la viande. La mère continue à mâcher avidement, muette, des abats, du sang de poule à l'ail. Cette viande ne dégoûte pas Paule, elle la trouve logique dans la bouche des autres, elle constitue leur odeur, leur haleine.

Au loin, l'autoroute souffle. Les nuages titubent, la ligne des montagnes sectionne l'espace, un reste de neige s'accroche. La chaise craque. Paule cherche de l'air, sa bouche ouverte. Sur le mur du salon, au-dessus de l'étagère exhibant une famille poule en porcelaine, la vieille carabine lui fait face, tenue par deux crochets. En dix ans rien n'a bougé à la ferme. Elle retrouve les bibliothèques bleues remplies des journaux qu'on a eu la flemme de jeter, le canapé rouge sang de volaille élimé, seules taches de couleur entre les murs et le sol de pierre. Ça lui donne envie de pleurer, de se voir là à nouveau, de se sentir appartenir au décor. Elle se lève pour boire dans le désordre les alcools abandonnés dans le frigo : vin, muscat, vodka, vin encore. L'alcool ne peut pas se périmer. Il perd juste son goût. La mère remplit l'urne, un cendrier de trois litres cinq en métal posé sur la table de la cuisine. On dirait un simple vase de décoration. Il est difficile de croire qu'elle tient tout entière là-dedans. Parmi les cendres devraient se trouver, égarés, un anneau et une dent plombée. Il pourrait aussi s'agir d'un autre corps rapporté à la ferme. L'idée rend Paule nerveuse, puis elle en rit : on peut ne pas reconnaître quelqu'un à ses cendres.

Il ne reste que cette volonté à accomplir pour pouvoir partir : exécuter Théodore le borgne. Si seulement il suffisait d'un coup de couteau bien placé, d'un râle, pour que l'affaire soit réglée. Mais c'est un métier, le corps chaud à maintenir, les plumes à écarter, les entrailles à vider. Et puis la dépouille, il faut savoir quoi en faire. Dans une ferme tuer n'est pas une fin en soi. La mort doit être utile. Celle de la mère apporte un héritage, trois cents poulets, cinquante poules et dix mille euros ; celle des bêtes fait vivre les Rojas depuis trois générations. Paule doit tuer le poulet et puis le vendre. Ne pas garder de cadavre ici, pas d'enterrement. Les cendres l'occupent assez. Si la mère avait su parler, peut-être lui aurait-elle demandé de retourner au marché après l'exécution. Sans doute est-ce difficile de dire à ses enfants ce que l'on attend vraiment d'eux. Paule réserve un stand pour le lendemain. Elle vendra Théodore à bon prix, puis elle sera libre. Elle se répète : c'est la chose à faire avec un poulet mort.

Malgré la pluie, elle sort sans manteau. Les gouttes visqueuses s'accrochent à sa peau, perlent sur son nez. Les nez forts ont cette faculté de garder la pluie sur eux. Les poulets courent ;

nombreux, en masse compacte, vigoureusement. Leur tête s'incline en rythme mais leurs yeux restent fixes. Le champ s'étend jusqu'aux vignes attenantes, celles des Fresse. La limite est marquée par une clôture barbelée. Ils ne se sont pas montrés à la cérémonie.

Théodore traîne parmi les poulets. C'est facile de le reconnaître : il est sage et maigre, avec un œil béant. D'ici les autres semblent le protéger, l'entourer de leurs corps dodus. Ils s'approchent de Paule, pensant qu'elle est là pour leur apporter de quoi les nourrir. Elle avait oublié leur odeur sous la pluie : ils empestent. Elle les évite, slalome. Eux ne se gênent pas, ils lui courent dans les pattes, un peu agressifs, bec tendu comme pour lui dire « arrête de marcher sur notre plat principal, balance le dessert ». Parmi eux, Théodore se meut lentement. Paule repousse ses congénères :

— Tout va bien, tu sais, ça ira.

Elle l'agrippe avec force et il ne se débat pas. Ses plumes sont douces, c'est plus doux que de la peau, c'est comme un oreiller, une peluche. Elle a envie de le serrer contre elle. Paule estime Théodore avec une affection empreinte de jalousie, comme un frère sage et docile resté à la maison pour veiller sur leur génitrice commune. Sur la fin, la mère aurait été capable de prendre ce poulet pour fils et ne pas supporter qu'il lui survive.

Théodore sous le bras, Paule revient à l'intérieur de la ferme. Si elle ne sait plus faire, la mort peut être lente et douloureuse. Elle doit préserver les yeux des autres. Sa main tremble. Théodore n'est pas effrayé. Quand elle le lâche sur le sol du salon, il reste près d'elle pour venir picorer ses chaussures avec tendresse. Il n'est pas coutumier de la violence. Elle aimerait l'implorer de se tenir tranquille, de ne pas être si doux. Elle se figure des scènes : la mère riant avec lui, l'embrassant, sur le bec peut-être, lui racontant une histoire sentimentale à voix basse, d'une voix tendre que Paule ne lui connaît pas, et lui qui s'endort, heureux, fermant son œil valide, s'abandonnant. Leurs repas partagés, peut-être. La mère courant à ses côtés dans le champ, ses vieilles jambes pleines d'arthrite tentant de suivre le rythme des pattes de l'animal.

Elle a dû l'aimer très fort.

Paule cherche de l'aide. Il ne peut pas mourir aussi simplement. Une dernière volonté doit être respectée de façon solennelle. Elle attrape le livre des condoléances posé dans l'entrée et griffonne sur une page vierge tout ce qui lui vient sur Théodore. Elle note : poulet vigoureux et doux, habitué à la dévotion et à la tendresse, poulet méritant l'affection. Et puis, « poulet-clown ». Elle aimerait que les gens qui le dévorent aient conscience de son statut. Théodore. Son prénom lancé par la mère comme dernier mot, la litanie de ces syllabes.

Les phrases s'alignent. Elle écrit le poulet.

— Tu ne seras pas oublié, Théo.

Elle le saisit par les ailes, elles s'agitent et

ça effraie Paule, de le sentir si fragile sous ses doigts. Théodore s'efforce de se libérer mais c'est inutile, Paule le serre plus fort au niveau du cou. Sous les plumes, le cœur bat vite et fort. Il agite le bec, pique l'air. Ses muscles se crispent. Elle augmente la pression et de minuscules os se brisent. Le corps entier craque. Théodore a beau crier, rien n'y fait. Un dernier souffle, léger, se dissipe.

II

Les boules Quies de la nuit enfoncées dans les oreilles, Paule installe l'étal. Sur la place les platanes ont été remplacés par des palmiers qui pourrissent sitôt plantés. On voudrait faire de la région un havre tropical, mais le climat s'y oppose. Leurs palmes toutes desséchées, trouées par les parasites, ont la même couleur que les façades.

Paule a été reléguée au fond du village, dans un recoin près de l'église. Il faut passer devant tous les autres vendeurs, les vingt habituels, pour parvenir à son stand. La foule n'est pas encore là que tous vagissent déjà pour préparer leur voix à l'activité de la journée. Les odeurs de viande et de poisson se mélangent. On observe Paule en coin : qu'est-ce que la végétarienne fait là ? Elle devrait être repartie, voilà dix ans qu'on ne l'a pas vue au marché. Benjamin, debout derrière son stand, lui fait un clin d'œil. Le vieux vicelard n'a plus de cheveux. Son permis lui a été retiré, Paule le soupçonne de vendre du poisson décongelé provenant du centre commercial le plus proche, souvent en rupture de stock de colin, saumon et crevettes les veilles de marché. C'est en tout cas ce que laissait entendre sa mère lors de leurs coups de fil du dimanche.

Nicolas dispose ses vaches déclinées en plusieurs morceaux à poêler, griller ou rôtir : gîte, bavette, collier, tendron, tous d'un beau rouge émouvant. À l'école, Paule et lui ne se séparaient jamais. Ils copiaient l'un sur l'autre, passaient des heures au téléphone sitôt rentrés chez eux, tailladaient à l'unisson l'écorce des platanes. Il a pris un tas d'années d'un coup, forci en gardant son acné. Il ne la salue pas, ne lui rend pas ses regards. Elle s'installe malgré tout, malgré l'hostilité évidente, même si la place de sa mère a été donnée à un homme plus jeune qu'elle, présentant bien, coiffé au gel. Il n'est pas d'ici, sa peau est trop claire : un Normand peut-être ? Son stand est sophistiqué : des spots éclairent les carcasses de poulets, les corps sortis de l'emballage forment une pyramide digne d'une compétition de gymnastique.

Paule se dit : « J'ai tué Théodore. »

À côté de quelques pots de confiture retrouvés au fond d'un placard trônent ses abattis, emballés sous vide par la machine de la mère. L'étal est minimaliste : sur trois planches de bois tenues par des tréteaux, quelques œufs et cinq autres poulets sont disposés, en barquette. Paule a senti quelque chose en tuant le borgne, une réminiscence de l'enfance qu'elle a voulu éprouver à nouveau ; elle a tranché d'autres cous. Théodore a eu un traitement de faveur : il a une étiquette, et sur l'étiquette, son nom en grand, *Théodore*, au-dessus de sa biographie manuscrite. Paule a bien écrit le mot entier pour que l'on ne confonde pas avec une simple appellation « BIO ». Il y a même les dates réglementaires : 14 février 2018-20 septembre 2018.

Une belle pierre tombale de plastique.

Paule la contemple maintenant comme un objet extérieur, un monument minuscule que ses mots viendraient décorer. Elle les relit, les admirant comme si elle ne les avait pas écrits :

> Théodore naquit au milieu de vastes champs. De caractère libre et indépendant, malicieux, Théodore souffrait pourtant d'un handicap, un œil borgne, qu'il surmontait par son allure désinvolte et néanmoins racée. Théodore aimait marcher en rond tout en piquant l'herbe, jamais dans le même sens que ses congénères, *courrant* toujours à sa façon, comme s'il dansait. Il entretenait une relation particulière avec sa fermière, un lien intense d'amitié qui ne fut brisé que par la mort.

Elle pose Théodore en évidence au milieu de l'étal. Un œuf dur lui sert de piédestal. C'est difficile de présenter un stand de viande. Cela demande une mise en scène pour donner envie de consommer sans gêne. Qu'est-ce qui est sale, dégoûtant, appétissant ? La carcasse nue, les morceaux, le corps entier ? Le sang ? Faut-il enlever les appendices ?

Le tête-à-tête avec les poulets morts dure. Paule fixe en souriant faiblement le panneau « Frontière/Frontera » face à elle qui marque la fin du village. Les clients ne viennent pas à elle, ils achètent leurs repas dominicaux au Normand, même les gens du village, même les amis de sa mère. Ils ne la saluent pas. À la cérémonie, ils ont pourtant serré sa main. A-t-elle commis une bévue à ce moment-là ? Elle aimerait crier : « Ce n'est pas pour moi que je fais ça, c'est pour ma mère, venez me débarrasser de Théodore et on n'en parlera plus. J'ai un homme à rejoindre, moi. » À la place, elle clame : « Les poulets d'Évelyne Rojas, élevés à l'eau de source. » Les mots sortent en mitraillette. L'effet est immédiat : quatre personnes se postent devant son stand. Ils marchent main dans la main, les corps accrochés. Une famille de touristes. L'un des enfants est adolescent. Il semble plus narquois que son frère, l'œil torve. Ses pupilles dilatées laissent penser qu'il vient de fumer de l'herbe. La mère gratifie Paule d'un sourire courtois. Ses dents sont bien blanches.

— Vous avez récupéré la ferme ? Évelyne a pris sa retraite ?

L'accent pointu rend ses mots désagréables.

— Elle est morte.

L'annonce fait son effet : la mère se recroqueville, croise les bras, cherche de l'aide auprès de son mari mais il est occupé ailleurs, à refaire les lacets du plus jeune. Il faut embrayer. Sa langue s'agite dans sa bouche, cogne ses dents, la salive noie les mots. Elle murmure qu'elle est désolée, et son accent est parti. À cet instant, Paule jurerait qu'elle va demander « Qu'est-ce qui s'est passé ? » ou « Morte de quoi ? ». Mais rien ne vient. La femme sourit et contorsionne ses mains avant de s'exclamer :

— Aujourd'hui, c'est poulet.

Son regard se pose sur Théodore. Elle lit la biographie en cherchant la date de péremption. Ses sourcils se froncent en parcourant l'hommage. Paule contorsionne ses mains, nerveuse. C'est la première fois que quelqu'un la lit. Elle l'interrompt :

— C'est un très bon poulet.

La femme s'est déjà retournée, elle secoue l'emballage devant toute la famille et la chair tremble. Paule aimerait rattraper Théodore. Elle a peur qu'il ne tombe au sol. Elle pense à l'urne. Il serait temps de disperser les cendres de la mère, le marché pourrait être un lieu convenable.

— Regarde, chéri, c'est la biographie du poulet !

Le mari se penche mollement sur l'étiquette, relève la tête après les deux premières lignes. Est-ce qu'elle fait ça pour toutes ses bêtes ? Un des enfants, le plus grand, se saisit de l'emballage. Il murmure à son frère : « Regarde, il y a une faute d'orthographe. » Son doigt appuie sur la faute et écrase le corps de Théodore. Paule expire lourdement. La mère sent une pression. Paule vend Théodore.

Quand les marchands remballent, ils se dirigent d'un même pas vers le bistrot, laissant les squelettes de leurs stands et les invendus dans leurs camionnettes. Paule hésite à les rejoindre, ils ne l'y ont pas invitée, mais s'il faut recréer un lien c'est ici que ce sera le plus simple. Après ces jours de deuil, elle a bien le droit à un peu de réconfort.

Au bar, sur une télévision en hauteur, des jeunes gens dansent oisivement. La patronne tire la bière en les imitant, bougeant son corps sec au rythme de la chanson. Là non plus, la décoration n'a pas changé. Les vieilles pierres et les têtes de sanglier s'affichent au mur comme un hommage au passé, et les gens du village, ceux qui ne sont pas morts, sont là, dans la même position qu'il y a dix ans, vieillis mais vissés sur leurs tabourets de bar, avec des mots semblables qui sortent de leur bouche et des alcools semblables posés devant eux. Ils sont figés comme à Pompéi, elle y était allée en car grâce au collège. Nicolas se trouvait avec elle. Ensemble, ils avaient fumé de la verveine. Paule s'assoit à côté de lui au comptoir. Il ne se retourne pas. Elle pense : ce n'est pas le bon moment pour des retrouvailles. Il est absorbé par une partie de billard. Une femme joue. Sa jupe fendue attire l'œil des hommes. Nicolas est devenu un coq de village, c'est lui qui rit le plus fort. Son rire ressemble à celui de Louis, il se termine en tremblements. Lorsqu'elle avait rencontré Louis, elle avait sursauté en entendant ce rire en saccades. Peut-être même l'avait-elle embrassé pour ne plus l'entendre. Ici Louis ne rirait pas. Les bars et la campagne le mettent mal à l'aise.

Chacun a son opinion sur l'issue de la partie.

— Moi je dis qu'elle va nous surprendre, la petite, on a pas vu tout ce qu'elle avait à donner.

— Je crois surtout que les mecs en face la laissent jouer le plus longtemps possible, mais dès qu'ils en auront marre…

— Qu'ils auront soif quoi !

— Ou qu'ils auront soif, ou que Claude arrivera… Ils vont l'expédier vite fait !

Paule ne sent ni le temps ni le silence sur elle. Elle pense qu'elle a bien fait d'écrire cette biographie. La mère, peut-être, aurait même été fière.

Quand Nicolas se lève, Paule voit qu'il tangue, elle aimerait lui offrir son aide, le soutenir. Elle n'ose pas. Il la salue d'un signe de tête, le menton en avant, comme pour mettre fin à une longue conversation. Au cimetière, il a serré sa main droite en lui demandant de ses nouvelles : « Comment vas-tu ? », la question d'usage. Elle avait répondu : « Bien. » Ces nouvelles suffisent peut-être. Il est prêt à quitter le bar, et Paule pense qu'il faudrait quand même dire quelque chose. Alors elle lance, fort :

— Et toi, comment tu vas ?

Nicolas se retourne et avec lui, tous les hommes du bar. Ils la regardent avec inquiétude, comme une étrangère qui vient d'entrer et dont on ne sait pas ce qu'elle veut. Les bruits se tassent. Nicolas prend appui sur la porte et répond simplement :

— Bien.

Ses poches sont vides quand elle rentre. Un poulet vaut trois verres de whisky. Le temps a dû passer, il fait noir. La lune seule éclaire la ferme. Paule se dirige vers le poulailler. Elle pose ses sacs pleins des restes du marché devant la porte et la pousse très délicatement, comme si elle entrait dans une chambre d'enfants endormis. C'est calme ; les poulets se sont assoupis ensemble sur leurs litières de paille bien broyée, sèche, chaude et abondante. Leurs corps se soulèvent au rythme de leurs respirations.

Près de la cage des poussins l'odeur est douce. Claro a déjà bien grandi. Claro est né le jour de la mort de la mère. C'est Paule qui lui a donné son nom. Cette petite boule jaune deviendra bientôt un beau poulet blanc. Elle lui a passé une bague à la patte, comme elle l'a vu faire depuis l'enfance. Pour cela, les gestes sont délicats. Il faut tenir fermement le poulet sous le bras pour empêcher tout battement d'ailes, comprimer ses trois doigts avant, puis glisser la bague jusqu'au doigt arrière.

En le regardant, l'acidité lui racle la gorge, l'oblige à avaler sa salive. Et sans s'en apercevoir elle a déjà les poings qui se serrent, les muscles tendus et l'envie de l'écraser, comme un œuf.

III

Théodore a été dévoré par une famille. Sa chair repose dans plusieurs ventres, quatre sans doute, ses os éparpillés s'entassent dans des poubelles, dans différents sacs, mais il existe quelque part entier. Sa vie inscrite sur une étiquette. Est-ce qu'ils l'ont gardée en souvenir ? Il aurait fallu en faire une copie, la coller sur l'urne de la mère.

La température est fraîche. Par la fenêtre de la chambre, les champs vides s'étendent. Entre eux surgissent des lopins de garrigue, interrompant les parcelles bien ordonnées. Autour, les montagnes semblent s'être affaissées. Elles n'ont jamais été très vaillantes, avec leurs pics ronds et leurs flancs jaunis. Sur les cartes de France, on les nomme rarement.

Paule devrait préparer son départ, mais elle veut voir les poulets. Ça lui vient d'un coup : leurs caquètements lui manquent. Elle s'est évertuée, ces dix dernières années, à fuir le confinement de cette maison, les deux poulaillers qui l'encerclent comme des miradors, comme si les humains étaient piégés sous surveillance animale. Théodore est mort et vendu, avec les hommages. Son dernier devoir filial est accompli. Pourtant elle pense : maintenant, c'est ici chez moi. Sans la mère, les paysages autour d'elle lui paraissent nécessaires. La vie des poulets aussi. Il faut s'en occuper dès le matin. Elle ouvre les portes des cages et remplit les mangeoires de grain, avec prudence pour qu'il n'en tombe pas sur le sol, les becs sont trop sensibles pour piquer les surfaces bétonnées. Elle verse dans les gouttières l'eau de source, marque de fabrique de la maison, libère les trois cents poulets dans le champ. Face à eux, Paule se tient immobile, le corps collé au mur de la ferme. Alors que les autres se répandent dans le paysage par petits groupes organisés, de grosses taches noires sur le sol vert picorant gaiement ce qui reste d'herbe en cette saison, un des poulets reste à ses côtés. Il l'observe un instant, la tête haute, immobile tout à fait, la scrutant, et Paule se demande ce qu'il voit en elle, puis son corps se remet à bouger, il monte le cou, se rengorge et tire affectueusement sur ses lacets, comme pour l'attirer à lui, l'inviter à jouer. Il est coriace, son bec accroche bien. Il parvient par sa seule force à entraîner le corps de Paule vers l'avant. Elle pourrait l'appeler Lacet. Sur sa bague il est écrit « Lena », les sonorités sont proches. C'est sans doute, se dit-elle, un poulet qui fuit la compagnie de ses congénères, cherchant toujours celle de sa maîtresse, rattrapant les balles qu'on lui envoie. Un poulet supérieur et attachant. Il est plutôt beau gosse, avec sa belle crête bien vissée qui finit en dentelle. Il lui semble qu'elle le comprend, ce poulet, qu'elle comprend *où il veut en venir*, et alors qu'elle ressent ce lien, elle a envie d'écrire. Et aussi de le tuer. Elle ne peut pas écrire sans tuer. Il serait tout à fait insignifiant de réaliser un livre avec des vies de poulets. Leur rendre hommage, c'est autre chose, raconter leur vie pour accompagner leur mort, leur dresser des monuments posthumes. Ça lui paraît assez évident que c'est ce qu'elle doit faire maintenant, et non pas préparer ses bagages, revenir à Louis. Petite, Paule rêvait souvent de poulets vivants plumés, sans ailes, sans queue, mais qui sauraient marcher. Des poulets ni vivants ni morts, des compagnons de jeu nourrissants.

En haut ce sont des combles aménagés, les lieux de sa mère, chambre et bureau, deux portes interdites, au travers desquelles enfant Paule ne s'aventurait pas, ça ne lui serait même pas venu à l'esprit. Elle pousse l'une d'elles pour pénétrer dans le bureau, prend place sur le fauteuil, c'est la première fois et le moelleux du dossier l'étonne. Face à elle se trouve un gros ordinateur daté. On y entre sans mot de passe. Paule déroule l'historique : des sites de *streaming*, un forum de fermiers qui échangent des conseils d'élevage. Un lien la renvoie vers un pseudonyme inscrit en caractères gras « Poulette66 ». Elle le ferme aussitôt, dégoûtée.

Lorsque l'on tape « oraison funèbre », quatre cent quatre-vingt-dix mille résultats apparaissent. Le premier est AlloCiel, le coup de téléphone vers l'au-delà : « Ce que les morts aiment entendre sur eux ; prévoir à tout âge ; créer un mémorial en ligne avec Paradis Blanc. » Des modèles d'éloges clé en main sont proposés. Il convient de citer les qualités du défunt, en commençant par la générosité. Les défauts n'ont pas leur place sur les épitaphes, mais les métaphores comme « la mort t'a emporté pour ton dernier voyage » font bon genre. Les formules pleines de mots d'amour restent cependant les plus populaires : « ma maman chérie, amour de ma vie, pour toujours dans mon cœur ». Paule est émue de tout ce que l'on peut dire de la mort. La vraie mort ne lui inspire rien de semblable. On nous dit : elle est morte, et on remarque bien le corps sans vie.

Pour la mère, elle n'a même pas réussi à faire un discours. Que peut-on raconter dans un cimetière ? « À l'enterrement, dévoilez une anecdote personnelle ! » enjoint AlloCiel. Les souvenirs de la mère sont tous liés à la violence et à la mort, ça n'aurait pas été très délicat d'évoquer les poulets qui courent sans tête après l'exécution, ceux coupés par le milieu, le décès des grands-parents, partis il y a longtemps, sagement et dignement, à quelques jours d'intervalle, comme pour éviter à leurs enfants de porter deux fois le deuil. Ces anecdotes-là font mauvais genre. Il y a bien une histoire mignonne, mais Paule ne se sentait pas de la raconter devant tout le village. Les poules couchées, le dîner fini, sa mère l'appelait : tu veux voir un film ? Elles s'installaient sur le canapé, Paule calée entre les deux coussins. La mère s'absentait un moment. À son retour elle serrait dans ses mains une cassette. Elle l'insérait dans le magnétoscope. L'écran, le plus souvent, s'allumait, rouge d'abord, et puis de vraies images de personnages, dans des villes, campagnes ou forêts apparaissaient. Paule s'enfonçait dans le canapé. À ses côtés, sa mère se redressait, hagarde. Paule sentait son odeur, et c'était comme l'odeur du film. Les images venaient de loin, de Bollywood ou de Los Angeles, la langue était inconnue. Sans sous-titres. On n'en a pas besoin, je comprends les mots, avait décrété la mère. Paule sait maintenant qu'elles étaient aussi étrangères l'une que l'autre à ces langues. Les personnages commençaient à parler dans les premières minutes du film. La mère se raclait la gorge, elle s'approchait de l'écran et traduisait chaque dialogue d'une voix monocorde, adoptant parfois un ton grave, un ton mâle.

Cary Grant, Grace Kelly, les Indiennes de Bollywood prenaient le timbre de la mère. En pleine tourmente dans la jungle, ils se regardaient langoureusement, leurs mains se frôlaient, on revenait sur leurs yeux et l'homme disait à la femme :

— J'ai oublié de sortir la poubelle.

— J'irai demain, lui répondait-elle.

— Tu crois que quelque chose nous attend ?

— Je t'aime, même si je n'ai jamais osé te le dire. Je sais que j'aurais dû, avant ce moment, mais je n'ai pas pu.

— Tu devrais quitter cet endroit avant qu'il ne te dévore.

Épuisée, la mère finissait par dire : « Là je n'ai pas compris, elle a parlé dans un dialecte étrange. »

Les dialogues se répétaient d'un film à l'autre, toujours des histoires d'amour contrarié et de poubelle que l'on ne sort pas, que le film se déroule à New York ou New Delhi. Selon la mère, même en pleine course-poursuite, lorsque leurs lèvres restaient scellées, les personnages se lançaient des mots d'amour. Paule renonçait à chercher du sens à ce qui se jouait.

Dans le champ Paule ne prend pas de carnet, elle observe. Les poulets peuvent tourner en rond des heures sans s'ennuyer. Elle aussi. Le téléphone sonne. C'est Louis : son nom s'affiche en capitales sur une photo de coucher de soleil que Paule n'a pas prise. Il est impatient de la voir revenir. Ne pas connaître sa date de retour l'inquiète. L'absence ne leur est pourtant pas exceptionnelle. Leur vie commune est construite autour de deux solitudes, comme deux animaux sauvages qui auraient appris à vivre en meute. Seulement, ce sont les chantiers de Louis qui imposent leur rythme. Un chantier peut durer six mois. Là, c'est différent. Elle n'a jamais quitté le nid, deux heures de route seulement les séparent, elle pourrait faire le voyage, ne serait-ce qu'un week-end. Elle ne veut pas lui donner ça : on ne sèche pas les enterrements.

La sonnerie persiste. Elle laisse tomber le portable au sol, l'herbe amortit la chute. Elle n'a pas envie de discuter. Huit ans avec lui, et lorsque la mère meurt, il se porte absent. Son projet à Dubaï réclame de lui une présence constante au bureau – les clients internationaux sont les plus exigeants, le décalage horaire complique la communication –, il n'a pas pu s'octroyer de partir, ne serait-ce que deux jours. Louis a dit qu'il était désolé, il faudrait ne pas lui en vouloir. S'il avait pu il aurait fait autrement, il aurait serré les mains à ses côtés lors de la cérémonie, il l'aurait aidée à vendre la ferme au plus offrant. Avec l'argent, ils seraient partis en vacances, c'est toujours bien quand ils voyagent, quand il lui explique la genèse des lieux. Louis aime raconter les bâtiments, sa voix sait leur donner vie. Les bâtiments l'exaltent. Paule n'aurait pas aimé la ferme, elle n'aurait pas tué Théodore.

C'est trop tard. Elle ne peut pas simplement organiser une grande liquidation de poulets pour rentrer à la ville. Elle veut se donner le temps de réfléchir. Quelque chose d'essentiel la maintient loin de Louis : il n'a pas vécu à la ferme. C'est stupide, parce qu'elle sait où ce raisonnement mène si elle le tient jusqu'au bout : seuls les poulets peuvent être ses amis, ses amants et ses frères, puisque c'est avec eux qu'elle a grandi. C'est peut-être vrai après tout. Paule aime la compagnie des visages animaux, moins marqués par un caractère, plus secrets. Leur odeur âcre l'apaise davantage que les mots d'amour de Louis.

Elle lui écrit : « Je pense à toi. »

Elle sort un vieux fauteuil confortable, avec des accoudoirs. C'était un des sièges fétiches de sa mère ; elle aurait hurlé de le voir dehors, à la merci de la pluie. Paule lui enfile une housse. Elle reste avec les poulets jusqu'au soir, et la journée suivante. Ici, il y a toujours de l'action. Une amourette, un accouplement, l'anorexie, la frilosité de certains, la ponte, un mâle pris pour une femelle et les évasions, les cris et les tentatives de vol par de maladroits battements d'ailes.

Parfois, elle s'approche, juste pour tapoter leur tête. Claro est surpris par les caresses, il lève ses yeux noirs vers Paule avant de reprendre la picore, et Paule se voit dedans.

Elle écrit pour s'entraîner.

Et quand il y a assez de matière, elle tue.

DÉBUT

Début, né au premier jour du mois de septembre, était connu de tous pour sa générosité. Il aimait manger, dormir et marcher : des loisirs simples pour un cœur pur. Ses toupets asymétriques lui conféraient l'air d'un sage. Très entouré, chef de bande, il sera longtemps regretté.

LACET

Lacet tirait, tirait, jusqu'à obtenir l'objet désiré. Sa persévérance n'avait pas de limite. Il fuyait la compagnie de ses congénères pour mieux se rapprocher de sa maîtresse, qu'il adorait. C'était un poulet unique et supérieur, qui brillait par son intelligence et sa malice.

Si son cœur s'est éteint, dans le nôtre il vit.

IGOR

Igor employa son temps à la conquête d'un territoire qui ne variait jamais. C'était un coin entre le poulailler et la maison, garni d'un arbre couché par la tramontane. Parfois il s'arrêtait en scrutant le ciel, les autres en profitaient pour envahir cet espace. Il les chassait d'un coup de bec avant de s'en retourner à la contemplation.

GALLUS

Gallus était au plus bas dans la hiérarchie des poulets. Il fallait qu'il mange en dernier, qu'il se couche en dernier et respecte le rôle que ses confrères lui avaient attribué. Son héritage génétique l'avait décidé pour lui. Pourtant, s'il semblait se soumettre à l'ordre des choses, il se débrouillait toujours pour trouver des espaces de liberté. Aujourd'hui, chacun lui chante son amour à travers les nuages.

IV

Parfois les poulets se figent dans le champ, alertes ou fatigués, et alors Paule retient sa respiration. Ils restent immobiles comme ça longtemps, leur cou tendu, comme coincés dans un jeu de 1, 2, 3 soleil. Leurs chorégraphies sont militaires : Paule les imagine accomplir inlassablement des positions de repli, d'attaque (mais contre quoi ?), l'un d'eux partant en éclaireur, les autres en recul, attendant un signal.

Les poussins derniers-nés, elle les nomme Nick et Benji. Louis est trop citadin pour donner naissance à un poulet. Ça l'amuse de s'inspirer des patronymes du village, de détourner les noms de ceux qui ici l'accueillent si mal. Ses voisins ne sont même pas capables de lui adresser un bonjour au marché. L'idée des noms lui est venue d'un coup, à cause de la ressemblance. Benji a le crâne chauve, les plumes n'ont pas poussé autour de sa tête, ça lui donne l'air d'un prêtre sauvage. Nick caquette fort malgré sa petite taille, bombe le torse. Sur son plumage il a de vilaines taches rougeâtres qui pourraient passer pour des boutons d'acné. Malgré tout, elle le trouve pas mal. Elle aime appeler les poulets avec autorité dans le champ, ça lui donne l'impression que le village est sous sa coupe. Avec Nicolas ils donnaient des noms d'animaux à leurs professeurs. Tête de vache, Tête de veau, Tête de cochon, Gros Snoopy. En sens inverse, lorsque les animaux sont appelés comme les hommes, on peut parler d'hommage. Les gens payent cher pour donner leur parrainage à un panda dans un zoo.

Selon l'exécution, le *modus operandi* est différent. Ce que Paule préfère, c'est tordre les cous. Ce moment est une jouissance dont elle tire un plaisir coupable. Lorsqu'elle est calme, elle se contente de prendre la serpette, pique derrière les oreillons et regarde le sang s'écouler. Les exécuter comme ça un à un prolonge la douleur, l'attente, mais chacun mérite d'avoir une mort à lui, ses derniers mots, ses adieux. Quoiqu'elle n'ait jamais vu un poulet dire au revoir. Quand vient leur tour, ils se contentent de piailler plus fort. Ils veulent réintégrer le groupe, continuer à piquer l'herbe. Continuer, mais dire au revoir, jamais. Pour ceux qui restent, c'est différent : ils s'approchent de la place du mort dans le poulailler, son coin de mangeoire est laissé vide quelque temps, quelques jours parfois. Les vieilles habitudes. Mais la communauté cicatrise. Après l'exécution, elle les emballe comme des cadeaux. Elle teint les films plastiques avec des colorants alimentaires mélangés à de l'eau et du vinaigre.

Ce samedi-là, Paule tue quinze poulets, à la hache, non sans leur faire une oraison, plus poétique que religieuse, mais qui sait ce qui leur est utile pour leur vie d'après. La hache est pratique, mais elle doit être bien affûtée. Demain c'est jour de marché et elle veut être prête. Elle se courbe sur son bureau, écrit des brouillons sur la vie de Sushi. Elle peine à trouver les mots. Sushi était le plus petit des poulets, celui qui faisait le plus de dégâts aussi. Son bec était acéré, son plumage rare en certains endroits. Mais « petit poulet au plumage rare » sonne mal. La réalité n'est pas très appétissante. Le dictionnaire n'est d'aucun secours, les synonymes sont à vomir : humble, chétif, infime, minuscule, réduit.

La sonnette retentit.

Les mains de Paule s'immobilisent. Elle n'attend personne. Devant elle, du sang sur une bâche et un bout de corps sans tête qui gît dans du plastique. Ça ressemble à une scène de meurtre. La police pourrait avoir été prévenue. La police sait quand le sang coule. Ou Louis. Il aime la surprendre. Pour leurs deux ans, il l'avait attendue à la sortie d'un de ses petits boulots, casqué, une bouteille à la main, l'avait amenée au restaurant, c'était la première fois qu'ils y allaient ensemble. Dans ce cadre figé, ils n'avaient pas su parler.

Le bras droit de Paule reste posé sur l'abdomen de Sushi, l'autre flotte dans l'air. Ses doigts tremblent un peu. À leur extrémité, ses ongles rongés arborent des traces de vieux vernis, coquetterie de la cérémonie. Dans la poubelle les foies, gésiers, trachées-artères, œsophages et poumons des poulets se mélangent. Son regard dérive sur les dépouilles qui restent à emballer, elle pose des feuilles dessus pour les dissimuler.

La porte de la ferme s'ouvre dans un grincement. Elle ne l'a pas fermée à clé. C'est la tradition ici, de laisser l'entrée libre. On accueille volontiers tout le monde, et s'il y a un intrus, la carabine est là.

— Paule, tu es où ?

C'est la voix de l'oncle. Paule songe un instant à se cacher sous le bureau. C'est ce qu'elle faisait lorsque sa mère voulait lui donner le bain. L'eau tiède et savonneuse lui agressait la peau. Elle s'entend dire, docile :

— À l'étage.

L'oncle monte l'escalier de bois, passe la porte du bureau, comme s'il était chez lui. Son pas est lent. Arrivé devant Paule, ses yeux se fixent sur les dépouilles de poulets et le papier à lettres raturé. Paule reste tétanisée, sa main caresse à présent le cadavre de Sushi. L'oncle bloque sur cette image. Il bégaye.

— Je voulais passer te saluer, voir si ça allait, si tu avais besoin d'aide… Elsa t'a fait une tarte, comme on n'a pas eu l'occasion de se voir encore, c'est une tarte à la cerise, elle dit que tu aimais ça avant. Tu restes, alors ? Tu t'installes ici ?

Les cerises ne sont plus de saison, mais la tante les met en bocaux, ils en mangent toute l'année des cerises. L'oncle s'approche de Paule, pose la tarte dans ses mains. Elle n'a parlé à personne depuis plusieurs jours (par texto cela n'échauffe pas la voix), il faut stimuler ses cordes vocales au repos, solliciter la partie sociable du cerveau. Est-ce qu'elle reste ici ? Paule aimerait dire : je n'en sais rien, rien du tout, je n'ai pas de plans, mais ce n'est pas une réponse recevable.

— Je mets les choses en ordre. Je rentrerai en ville plus tard.

— C'est ta mère qui t'a demandé ça ? J'ai l'impression que tu fais un peu plus que mettre les choses en ordre, on m'a dit que tu avais repris le marché. Tu sors les poulets. Tu te souviens de tout ce qu'il faut faire ?

— Tu veux boire quelque chose ?

L'oncle acquiesce. Ils sortent du bureau, redescendent l'escalier de bois et s'installent dans la cuisine. L'urne est posée sur le plan de travail, à côté d'une multitude de sauces en bocaux, de paquets de gâteaux vides. C'est sale, sans doute. La vaisselle n'est pas faite : l'évier lui fout le cafard. La mère se postait toujours là, face à la fenêtre, pour fumer sa cigarette quotidienne. Pourquoi à cet endroit ? Peut-être pour laisser échapper la cendre par le siphon, ou pour la vue sur les montagnes. Paule aimait voir sa mère ainsi, mélancolique, le regard perdu au-dehors.

Elle attrape une bouteille de muscat dans le frigo, Dieu sait depuis combien de temps elle s'y trouve, ce n'est pas elle qui l'a ouverte.

— Et toi, tu t'en sors ?

Elle se rend compte qu'elle a chuchoté la question, comme elle le fait toujours dans certaines pièces. L'oncle pousse la voix.

— Moi c'est comme ci comme ça. Ça fait des années. Je suis bien implanté. Dans la ferme, dans la région et puis sur les marchés de revente. Ça roule. Les inspecteurs voudraient me mettre dedans…

— Les inspecteurs ?

— Des labels. Tu connais pas. C'est un métier. Déjà, ta mère faisait à sa sauce. Toi tu débarques. On dit que tu écris sur les poulets. Tu fais un guide touristique ?

— J'écris leurs biographies.

— Leurs biographies ?

— Pour leur rendre hommage, et parce que ça fait rire les gens.

— J'ai pas entendu que les gens riaient beaucoup. Ça fait rire qui, les mongols de touristes ?

— Moi.

Paule sirote son verre de muscat, l'oncle l'a déjà avalé cul sec. Leurs regards ne se croisent pas. Ils sont à une bonne distance l'un de l'autre, autant que le permette la taille de la cuisine.

— Tu sais, je peux t'aider si tu as des questions sur comment on gère une ferme.

L'oncle habite la propriété juste derrière les montagnes. Il élève ses bêtes dans des champs de cerisiers. Ça fait d'une pierre deux coups : une récolte et de la chair. Il ne les vend pas ici, il les exporte, « inonde » les marchés urbains. Des poulets à la chair cerise.

— Je peux aussi m'en occuper à ta place si tu as besoin, c'est une vieille ferme pas moderne et pas pratique pour un sou. Pas rentable non plus. C'était pas fait pour des poulets à la base, mais ça tu sais.

L'oncle se dit que ça aurait été la moindre des choses, qu'il récupère la ferme maintenant. Les grands-parents avaient tout légué à Évelyne. Lui avait déjà son exploitation, ses cerisiers, il était bien marié. Quand la mère avait hérité, cochons, bœufs, lapins et poulets vivaient en harmonie. Tous dormaient ensemble et même leurs cris créaient une mélodie. Le grand-père était fasciné par cette musique. Il était persuadé que les animaux chantaient en chœur un tube de l'époque. Sur les marchés, il prenait un animal de chaque race, construisait une petite tente et vendait des billets pour accéder au concert. Ça s'appelait « Chants de la ferme ». Paule, enfant, en avait été la représentante, elle devait rabattre le client. Elle imitait le cri de chaque animal en essayant de créer un rythme entraînant. Sa spécialité : le cochon. C'était une sorte de don ou de mutation étrange. Sa mère lui avait dit que bébé, puis jusqu'à l'adolescence dans son sommeil, c'était des « groin groin » qui revenaient le plus souvent.

À la mort de ses parents, la mère n'avait gardé que les poulets, par goût personnel. Elle les tuait avec d'autant plus de plaisir qu'elle s'était attachée à eux. Généralement, ses préférés avaient une particularité physique qui les rendait reconnaissables. Une patte folle, un front dégarni. Ou Théodore, qu'elle avait éborgné sans le vouloir un jour qu'il était encore poussin en lui donnant la becquée au bout d'une allumette. Le reste, elle s'en fichait. Elle ne vendait qu'à un seul marché, là où l'oncle multipliait ses lieux de vente, tentait de se faire connaître pour grossir. Paule se méfie de lui. Elle n'aime pas les rancœurs.

— Je crois que pour le moment ça va.

L'oncle hoche la tête, comme elle l'a vu faire tant de fois quand il n'est pas d'accord. Il hoche pour dire qu'il cède. Avec sa femme, c'est pareil : elle lui dit qu'ils vont manger de la tarte à la cerise, il hoche, même si son ventre n'en peut plus de la cerise, ça fait dix ans qu'il ne la digère pas. L'oncle se racle la gorge violemment, ça remonte comme une glaire, mais ça ne dégoûte pas Paule, ça la rassure, c'est toujours le même homme, elle se dit. Il jette à nouveau un regard sur l'urne, comme pour dire au revoir à sa sœur, puis se lève brusquement, attrape la porte en essayant de la faire claquer, mais elle est trop lourde, elle ne fait que grincer longuement, comme dans un soupir, avant de se fermer.

Paule arrache une part du gâteau, la porte à sa bouche. Elle mâche lentement, puis plante un couteau à saucisson pour trancher des parts. La pâte a été achetée toute faite.

V

Berg n'avait rien de spécial. Il était juste un peu plus dodu que la moyenne. Paule n'a jamais vu ça comme une qualité. Elle préfère les poulets sportifs, ceux qui courent dans le champ jusqu'à épuiser l'herbe. Elle a brodé pour écrire sa biographie, récupéré des brèves, dont cette phrase détournée d'une oraison funèbre : « Il ne vivait que pour brouter. » C'est pourtant lui qu'elle vend à un Espagnol de derrière la frontière qui ne comprend pas la moitié des mots. Les autres vont partir au congélateur avec les invendus des dernières semaines. Elle ressent une peine immense pour Sushi, si chétif et tendre, jamais désiré. Même mort personne n'en veut. Sur son étiquette elle a inscrit avec des lettres bien rondes : « Celui qui ici maintenant dort fit plus de pitié que d'envie, il souffrit mille fois la mort, avant que de perdre la vie. »

Le Normand aux poulets n'est plus là, pourtant Paule n'a pas récupéré la place des Rojas, la mairie préfère la laisser vide plutôt que de la lui rendre. Paule pourrait se battre, argumenter, mais l'énergie lui manque. Elle se dit : autant choisir ses combats, je finirai bien par la récupérer, si je reste. Elle garde son enclave au fond du marché et vend peu. C'est le désert silencieux de la fin novembre. La saison touristique est finie, même pour les retraités. Le musée a fermé faute d'artiste local à exposer, le bar pue. Ça fait mauvais genre. Pourtant, le village est typique. Le sol pavé reste intact, les murailles sont bien conservées, et l'été, des ferias renommées rassemblent ; la tradition tauromachique est vive dans la région, les arènes font office d'églises dans les villages alentour. Plusieurs fois Paule s'est échappée pour aller voir des corridas avec l'oncle. Elle avait cru, en voyant le *toreador* agiter son drap devant les yeux de l'animal furieux, qu'il le berçait avec douceur. L'oncle lui avait dit : « Il va mourir, mais il est fier. C'est un vrai animal, pas une viande, il ne connaît pas d'humiliation. »

Pendant l'enfance, l'oncle lui avait rendu visite une fois tous les quinze jours. Il venait la chercher sans demander son avis à la mère, à qui il parlait peu. Paule et lui s'éloignaient de la ferme pour découvrir les paysages de la région, les étangs pleins de roseaux qui se baignent dans la mer, la naissance des montagnes. Un jour, l'oncle l'avait amenée plus loin que d'habitude. Ils avaient traversé une grande route puis un ruisseau, sans les chaussures. Ils ne marchaient pas proches, mais lui en premier et elle dans ses pas, essayant de se caler sur ses empreintes. Le long du chemin, c'était le rituel, ils ne parlaient pas : il fallait attendre d'être arrivés à destination. Ils s'étaient assis face à face, Paule s'en souvient bien, sur un rocher trop pointu, la douleur en bas du dos. Il avait dit : « Je veux te raconter comment tu es née », et ses paroles s'étaient déversées.

La mère l'avait eue sur un coup de sang. Quelqu'un (peut-être même elle-même) l'avait persuadée qu'elle était stérile. Les diagnostics la rendaient malade, elle n'avait plus pensé qu'à contredire les médecins. Ça n'avait pas été compliqué de trouver un candidat à la reproduction. Elle s'était juste pointée lors d'une feria en jupe, seule, et avait attendu qu'on l'aborde. Un rugbyman amateur, ingénieur à la ville, bel homme, était arrivé le premier. Elle s'était rendu compte trop tard que ce n'était pas pour elle, le ventre qui gonfle et les nausées. Elle n'avait pas envie de connaître les braillements et les couches sales. Un nourrisson, pourtant pas plus gros qu'un poulet, peut crier plus fort que dix animaux. Mais voilà, elle était déjà à trois mois quand elle avait fait ce constat, et impossible de faire marche arrière, surtout dans le village, surtout dans cette famille. Elle avait souhaité que son enfant prenne son cordon ombilical pour le passer autour de son cou. Qu'il se pende avec. Elle lui avait demandé jour et nuit, s'était contorsionnée comme jamais pour qu'il arrête de grandir, ait l'idée d'attraper la grande corde à disposition et de ne jamais sortir.

Mais Paule était née. La mère avait fait avec.

L'oncle avait fait office de père. Maintenant, il ne veut plus d'elle ici. Sa tarte lui reste sur l'estomac.

Garder une contenance seule devant son stand est difficile. Il faudrait ne penser à rien, savoir fixer un point imaginaire. Elle est tentée de sortir son portable pour jouer à Candy Crush, de s'asseoir ; elle persévère en position verticale. C'est le prix à payer pour montrer aux clients qu'ils sont attendus. Il suffit de regarder Nicolas et son aisance. Les clients, il les capte en un regard, tape dans leur dos pour leur assurer qu'ils sont au bon endroit. Nicolas a de belles mains qui inspirent la confiance : elles se déploient en cinq doigts musclés et vigoureux. Elles sont assez tannées pour montrer le travail qu'elles effectuent chaque jour, mais toujours juvéniles. Paule a remarqué ça au bar. Ses propres mains sont laides, la peau est rongée et rose comme la peau des cochons. Les lignes de sa main se croisent étrangement, elle en a trop, elles ne sont pas nécessaires.

Elle échange des textos avec Louis pour réussir à se masturber. C'est un rapport humain assez maigre, mais ça lui suffit. Elle a besoin de jouir pour apaiser les tensions. Louis accepte d'être son support. Il lui envoie sans rechigner des photos de son corps. Les angles sont recherchés, il a un certain sens de la composition. Il tient ça de son métier. Les architectes, Paule est sûre de ça, font d'excellents photographes à force de prendre des clichés de leurs chantiers. Mais mettre en valeur un immeuble et un corps ne relève pas du même talent. Les contre-plongées vont mal au corps musclé de Louis. Pourtant, elle se souvient : elle le trouve beau avec son air timide et ses longues jambes. Dans le bar de leur rencontre, Louis avait volé pour elle une bouteille de Get 27. Il lui avait dit : « Ne dis rien », et il avait serré sa main.

Il n'avait que quatre doigts. Le majeur manquait. Elle avait pensé : il a des pattes de poulet. Elle avait ressenti une décharge dans la totalité du corps, une envie infinie de faire l'amour avec ses doigts immédiatement, que ses mains se posent sur elle, la pénètrent. En vérité ses mains ressemblent davantage à celles d'un canard aux extrémités palmées qu'à des pattes de gallinacé.

Paule ne répond jamais par une photo d'elle. Parfois, elle lui adresse des prises de vue des poulets devant la télé ou perchés sur des arbres. Les photographies sont un subterfuge pour l'intégrer à sa vie. Louis construit encore son immeuble haussmannien à Dubaï. Il ne connaît le pays qu'à travers Google Maps. C'est de plus en plus fréquent, il lui explique. Tout se fait à distance, c'est moins cher. Le chantier se passe mal, il n'arrive pas à avoir le contrôle, le projet ne rentre pas dans le budget et ça l'inquiète.

« Tu sais, c'est moi qui serais responsable pénalement si quelque chose clochait. » Le flux des mots entre eux est maîtrisé et établi. Paule remarque des tournures curieuses, elle jurerait qu'il ne s'est jamais exprimé ainsi. Au téléphone, les phrases peuvent subir des métamorphoses. Celles de Paule sont basses et rudimentaires. Elle sent la distance les grignoter doucement. Si elle allait plus loin dans la conversation, si elle imaginait Louis, ses soirées, elle pourrait reconstituer sa vie. Elle ne le veut pas.

Un jour, elle ne reçoit pas de photo mais un message long d'une page, qui lui intime de revenir. Il lui demande : « Que fais-tu avec eux plutôt qu'avec moi ? Est-ce que tu crois qu'ils ont besoin de toi ? »

La question la frappe et reste en elle. Les premières heures de la nuit sont longues. Elle se dit que le soleil ne se relèvera pas. Elle a l'impression de se trouver dans un cartoon, quand il ne pleut que sur un chat poursuivi par un nuage. Le félin a beau se débattre, trouver des ruses, rien n'y fait : la pluie colle à lui, le poursuit comme un monstre. Paule pourrait laisser les poulets seuls que ça ne changerait pas grand-chose.

Si elle reste, elle doit leur apporter quelque chose de nouveau.

À trois heures du matin, une idée lui vient. Elle quitte son lit, attrape toutes les bouteilles d'alcool qu'elle trouve et la vieille radio de sa mère. Elle allume les lumières de la basse-cour, branche les lampes de la maison sur les prises réservées aux appareils d'entretien, comme si c'était un jour électrique, une boîte de nuit. Le volume de la radio, elle le pousse au maximum, c'est une vieille chanson jazzy qui passe. Elle verse du whisky dans les mangeoires jusqu'à vider la bouteille.

Les poulets ouvrent les paupières et caquettent. Ils croient au matin. Paule ondule entre eux, elle leur inspire le mouvement, remue les épaules en rythme. « Bougez-vous », elle leur crie. C'est un cap symbolique qu'elle n'avait pas encore osé franchir. Donner des ordres à des animaux est un non-sens : ils n'ont pas le même langage et ses mots doivent être aussi intelligibles pour eux que le caquètement l'est pour elle. Elle s'en fout, elle veut créer du son. Les influencer. « Allez maintenant on va en profiter, on va picorer n'importe quoi et faire des choses ensemble ! », « Sortons, c'est la nuit, est-ce que vous savez à quoi ça ressemble la nuit ? Toutes les étoiles que l'on voit ? ».

Les poulets ont soif : ils se jettent sur les abreuvoirs et commencent à absorber le whisky, par petites rasades, caquetant plus fort, trouvant sans doute le goût infect, mais continuant à boire par habitude. Au début, ils semblent bien tenir l'alcool, ils sont un peu déséquilibrés, c'est vrai, mais pas K.-O. Claro hoquette, son petit corps se soulève à chaque soubresaut, la tête ballante, un hoquet, le cou mou, un hoquet, la tête qui tombe. La dernière gorgée est pour Nick. Elle l'imite, se moque gentiment : « Allez encore une rasade. » Paule divague entre eux, comme en une danse. Ses articulations craquent.

Elle aurait dû garder un verre, pour trinquer avec eux, bouche contre bec. Ils ont une bonne descente. Les poulets s'éloignent de la mangeoire, tournent autour, ils en veulent encore. Ils divaguent dans le champ, piquent du bec, puis se mettent à marcher en arrière. Leurs voix s'élèvent en cacophonie, on dirait du ska, ils vacillent, se posent dans l'herbe, ayant perdu toute notion des points cardinaux, croyant sans doute qu'ils marchent sur le ciel.

GERVAISE

Née de l'hiver, bancale de naissance, la cuisse droite était déviée et amaigrie, reproduction héréditaire des brutalités que sa mère avait endurées dans une heure de lutte furieuse. Grande fluette, hoquetant parfois comme une ivrogne, avec une jolie petite face ronde ; son infirmité était presque une grâce.

LOLITA

Tout au long de ses cent un jours, de ses cent deux nuits, Lolita vécut libre et heureuse, courant plus vite que les hommes, plus vite que la tramontane, comme pour échapper au sort. Elle avait le contrôle, elle était fière, Lolita, même quand l'alcool courait sous son plumage, elle faisait comme bon lui chante, prenait tout ce que la vie avait à donner, dans une joie belle et rayonnante qui la laissera longtemps regrettée.

ZELDA

Inconsciente de l'amour que l'on pouvait lui porter, c'était comme si le rouge de son bec avait dévoré son caractère. Zelda était toute de rage et de fureur, et c'est en tout lieu qu'elle trouvait le combat. Un des chats de la ferme voisine, un animal qui ressemblait trop aux clichés qu'on peut avoir des félins – roublard, sournois, une bête dont il faut se méfier –, lui fit perdre un œil. À vrai dire, ce handicap ne nuisait guère à sa popularité, au contraire. Ne voir que sur le côté gauche la faisait courir en cercle à chercher des noises aux brins d'herbe les dernières semaines de sa vie. Pourtant, au lieu de l'épuiser, cet entraînement perpétuel la hissa parmi les poulets les plus athlétiques de l'élevage.

VI

Zèbre ouvre la voie. Prudents, huit petits poulets s'aventurent hors du pré en rang organisé. Leurs pattes progressent au même rythme, on dirait qu'ils se sont concertés, la droite puis l'autre, comme s'ils marchaient sur des œufs. Claro, chef du petit troupeau, ferme la marche. Ils s'avancent dans le champ des Fresse jusqu'à arriver devant un arbre foudroyé que personne n'a eu le courage de déraciner. Myrtille pénètre au cœur du tronc. Paule fait comme si elle n'avait pas vu. Elle ferme les yeux et compte, fort, jusqu'à quinze, puis saute sur Myrtille en hurlant : « Trouvée. »

Paule invente sans cesse de nouvelles aventures pour les poulets, leur prodigue des massages, court avec eux. Parfois elle pousse un grand cri pour se régaler de leur frayeur. Les voir heureux est plus satisfaisant encore. Elle aime regarder des films en leur compagnie. Ça demande une organisation particulière, il faut insérer la cassette puis disposer les poulets : devant un écran noir ils ne tiennent pas en place. Elle télécharge des films – d'animation, c'est ce qu'elle imagine le plus conforme à leurs goûts – et s'installe à la place de son enfance. Pendant les projections, les poulets restent attentifs. Elle aimerait traduire les dialogues comme sa mère le faisait mais l'imagination lui manque. Elle boit avec eux, de l'alcool surtout. Une fois, elle leur sert même la chair hachée de Heidi, une des pondeuses. Ils avalent tout goulûment, et Paule se sent coupable de rendre ses poulets cannibales contre leur volonté.

Elle est apprivoisée : c'est avec tendresse qu'elle les regarde creuser la terre, se battre pour un ver, croiser leurs becs. Sa propre vie lui paraît plus lumineuse. Elle s'accorde même des aventures exotiques : un jour, elle amène Claro et trois autres faire des tours en voiture. Ils piaillent. Elle ne leur met pas la ceinture de sécurité, pour qu'ils sentent bien la route cabossée. Sur le chemin, Paule accélère. Leurs corps sont ballottés par les virages, celui de Sac, le plus proche de la vitre, tangue dangereusement. Il est mal positionné, ses pattes sont frêles, il trébuche parfois même sur les zones planes. Alors là, il chavire. Une musique solennelle les accompagne. Ça ne va pas avec la route, c'est une chanson pour autoroute, pour filer tout droit. Au dernier virage avant la ville, Paule pile et Sac se heurte trop violemment contre la portière. Ses pattes cèdent, son bec s'écrase, son cœur lâche.

Sac, si fragile et aventureux à la fois, la peau tendre.

C'est ce qu'elle écrit sur son étiquette avant de le porter au marché, emballé sous vide. Elle le vendra, même si c'est contre ses convictions de donner à manger un corps mort de mort naturelle. Ça porte la poisse.

VII

Les clients ont des caractères aussi instables que les poulets. Il faut bien composer avec. Le langage introduit cependant des difficultés supplémentaires : au marché, les interlocuteurs de Paule négocient. Les négociations sont une manière d'introduire un échange. Les vieux veulent toujours en savoir plus. C'est leur côté romantique. Mais ce poulet, est-ce qu'il a eu des sentiments ? C'était quoi qu'il aimait par-dessus tout, les caresses ou le grain ? Il n'a pas trop souffert, à sa mort ? Un mercredi, une dame bien soignée s'est accrochée fort à Paule, elle voulait savoir si le poulet avait eu des enfants. Le bord de ses yeux était trempé. Paule a répondu patiemment : les poulets sont des adolescents, ils vivent seize semaines au plus, ils ne peuvent pas se reproduire. La dame est repartie sans rien. Les poulets ne sont pas des animaux domestiques, il est inutile d'attendre d'eux de l'affection.

Quand deux enfants se plantent devant son stand, Paule sait d'avance qu'ils seront contrariants. Ils viennent d'un village voisin et tâtent les poulets comme le font les gamins, caressant la bave aux lèvres les bêtes mortes. Elle sait à quels parents ils appartiennent, à des nouveaux venus qui font du vin à trente euros la bouteille pour les Japonais. Ils annoncent : ils ne veulent que la moitié de Causette. Paule refuse. Pas question de couper le corps. Qu'est-ce qu'ils comptent en faire, d'une moitié de poulet, est-ce qu'ils ne veulent pas plutôt juste la tête, le bec, ou les intestins ? Un des enfants, et ce n'est pas le plus jeune, se met à pleurer à l'évocation des entrailles. Paule est vaguement ennuyée, mais en même temps que ces sanglots s'étendent sans la toucher, un rire s'élève, plus près d'elle encore. C'est un vrai rire, énorme et joyeux, partant de la gorge en trompette, dont la puissance arrive même à faire stopper les pleurs de l'enfant. L'homme qui rit s'est saisi de Brutus. Paule a travaillé dur sur cette biographie, elle ne voulait pas la bâcler. Brutus était un poulet exigeant. Elle se souvient des premiers mots « Ci-gît Brutus, poulet respecté, qui cultivait sa puissance comme une réalité malheureuse, sans être jamais l'esclave de la nature. » Paule dévisage, incrédule, l'homme qui s'est saisi de lui. Il est étrangement long et osseux, le cou tendu comme pour joindre deux parties d'un collage qui ne correspondraient pas, la tête chauve, le visage mangé par deux cernes bruns. Il porte une veste d'explorateur en toile abîmée aux coudes. Il ne correspond pas au marché. Ces impressions n'ont pas le temps de se fixer en Paule que le regard de l'homme passe des biographies à elle, d'elle aux biographies, et c'est maintenant sa voix qui éclate :

— Mais comment avez-vous eu cette idée ?

Sa diction est si vive, si loin de ses gestes robotiques, que le cœur de Paule se serre. Elle se retrouve dépourvue. Elle babille.

— Comme ça.

— Mais c'est génial. J'aimerais vous serrer la main.

Paule tend la main et son coude craque.

L'homme s'appelle Fernand Rabatet. C'est inscrit sur la carte de visite qu'il lui tend. Il répète, cette fois à voix basse, comme pour lui-même, c'est génial, fantastique, et Paule rougit. Elle est peu adepte des compliments. Sa mère n'en faisait qu'à la viande, Louis ne félicite que les bâtiments.

— C'est une vraie découverte, vos poulets. Je passais juste, et puis je vois ça…

Ses yeux replongent, aspirés par les textes. Il continue à lire un instant.

— Mon frère, petit, on l'appelait Brutus. Ça lui va bien cette biographie. Lui aussi est mort. Vos mots lui correspondent mieux que son épitaphe. On n'était pas très inspirés à ce moment-là… On aurait dû vous appeler.

Une confidence vient d'émerger en plein marché. Paule ne sait pas la gérer. Elle bredouille :

— Ma mère nommait souvent des poulets Paule, Paul ou Paulette, comme moi. Ceux qui me ressemblaient.

L'homme hoche la tête. Leurs yeux se croisent. C'est une expérience que Paule n'a plus faite depuis longtemps. Les yeux des bêtes lui renvoient rarement son regard. Son cœur à elle se met à battre vite, aussi vite que celui d'un poulet.

L'homme vient de la ville, la même qu'elle. Ça émeut Paule, elle aimerait lui demander comment les rues se portent, s'il y a eu des changements, des travaux peut-être, là-bas c'est toujours le chantier. Elle pense même lui montrer une photo de Louis, de ses quatre doigts par main, demander à l'homme s'il ne l'aurait pas croisé quelque part. Au lieu de ça elle reste figée. Fernand se tait lui aussi et achète tous les poulets, une demi-douzaine, comme pour les œufs. Lorsque leurs mains se serrent pour conclure la vente, il promet qu'il reviendra. Paule l'espère.

Avec lui, les poulets seront bien. Il les digérera en se remémorant leurs noms. Elle aimerait le contempler lorsqu'il mange. Elle se mettrait à table face à lui et l'observerait sucer les os.

Elle écrit à Louis : « Je renoue avec quelque chose. Mon travail a du sens. »

Il ne répond pas.

Claro arrive en âge d'être exécuté. Le cycle de vie d'un poulet s'est accompli depuis la mort de la mère, ça fait tout drôle à Paule d'avoir assisté, sans même s'en rendre compte, à une vie animale en son entier. Le poussin malingre a été le témoin de son arrivée ici, a vécu avec elle toutes ses premières fois. C'est le symbole d'une époque. Devrait-elle le manger elle-même ? Manger un animal que l'on a élevé, ça compte ? Son exécution ne peut en tout cas pas être banale. Dans la chambre de la mère, elle le remercie de sa présence, de sa joie de vivre et de sa docilité. Claro, comme dernier mot, se contente de piailler lentement, comme s'il était très détaché de tout cela. Son piaillement ressemble à un assentiment, à un advienne que pourra. Alors elle le met à mort les yeux fermés, sur le lit, avec une serpette neuve achetée pour l'occasion. Les yeux fermés, c'est comme si elle n'était pas coupable. Paule ne peut pourtant pas s'empêcher de crier quand elle ouvre ce cou-là. Elle avait oublié qu'elle pouvait être sentimentale.

Elle porte religieusement sa dépouille à travers le champ. Les poulets font silence. Arrivée sous le grand arbre, elle s'agenouille et commence à creuser, longtemps, avec ses ongles pour pelles. Elle pose Claro dans le trou, le rebouche, embrasse longuement la terre, puis pose une pierre sur la tombe. Ensuite, elle exécute Nick, Queeny, et vingt autres poulets bien gras.

À travers le marché elle crie fièrement pour la première fois : « De bons poulets bien élevés », et des gens s'approchent, soupèsent les corps, lisent les biographies et semblent les apprécier. Parmi les marchands, des regards agacés circulent : qui lui a permis d'envahir l'espace sonore ? Elle crie encore : « Les poulets prénommés, biographiés ! » Nicolas la foudroie du regard, comme pour lui intimer de se taire. Elle se sent à sa place, mais n'est pas plus tolérée qu'au premier jour. Le succès n'y fait rien, sa complicité avec les poulets non plus. Elle devrait appeler Fernand, l'homme au rire, pour la défendre, mais ce serait sans doute contre-productif. Elle dispose d'une meilleure arme. Dans son sac, Nick est emballé comme un cadeau. Elle l'offrira ce soir à Nicolas en guise de réconciliation. Elle a intégré à sa biographie tout un tas d'éléments personnels qui lui rappelleront leur enfance commune. Si Nicolas la reconnaît comme l'une des leurs, les autres suivront. Elle pourra rester près des poulets, continuer l'hommage, s'intégrer au marché, comme si elle n'était jamais partie. Pour Louis, elle trouvera une solution.

Le bar est presque vide quand Paule en pousse la porte. Accoudé au comptoir, Nicolas a l'épaule droite collée au torse de son frère Tristan. Lui aussi a mal vieilli. Enfant, il avait l'habitude de jouer dans le cimetière de voitures. Il imaginait tenir le volant de véhicules grandioses. À sa vue, tous deux baissent la voix. Sur l'écran de télévision suspendu au-dessus du comptoir, le logo de la chaîne d'informations flotte dans le noir. Un bandeau défilant annonce une panne d'électricité dans une région voisine. Les habitants sont plongés dans l'obscurité depuis plusieurs jours.

Paule s'approche du comptoir à pas lents. Ses muscles se tendent. Elle a l'impression de pénétrer en territoire ennemi. Elle se force à sourire. La patronne ne la regarde pas, ses yeux plongent sur un verre vide qu'elle observe, concentrée comme une diseuse de bonne aventure sur sa boule de cristal. Elle ne veut pas la servir, pourtant Paule demande, en poussant la voix : « Un whisky », et la patronne est bien forcée de quitter sa contemplation pour lui tendre un verre bien plein. Paule le boit cul sec, ça réchauffe, son corps retrouve de l'ampleur. Elle se répète : j'ai le droit d'être là, c'est mon village. Même sa carte d'identité le dit. Les poulets eux n'en doutent pas.

Elle attrape le corps de Nick au fond de son sac. Il sent fort, même dans l'odeur rance du café. Paule le fait glisser sur le zinc du comptoir, le plastique dérape bien, elle est forte en lancer, elle a même un don pour le billard. Elle rougit.

— Tiens. C'est un cadeau pour toi.

La dépouille emballée de Nick s'arrête devant Nicolas. Ses grandes mains se posent sur le poulet sous vide. Il lit Nick, et plus ses yeux avalent les mots, plus ils s'assombrissent. Elle n'aurait peut-être pas dû parler d'acné dans la biographie. Nicolas rejette son présent. Nick tombe bruyamment de l'autre côté du comptoir. Paule sent une douleur, comme si c'était son propre corps qui était jeté.

— C'est dégueulasse.

Nicolas s'approche vivement d'elle. Paule sent sa sueur mêlée à l'alcool, à l'odeur de viande bovine. Son frère Tristan le colle. Leur ressemblance n'est pas frappante, mais après tout, ils n'ont pas le même père.

— T'es vraiment complètement tordue.

Paule voudrait répondre qu'elle a bien traité son double animal, encore mieux que les autres, dans le champ ; il a eu droit à une belle exécution émouvante et au meilleur grain, elle a caressé sa tête le soir pour calmer ses angoisses. Mais elle n'est pas sûre que ses mots soient adaptés, alors elle s'abstient. Louis lui dit parfois que sa langue doit être gardée au chaud dans sa bouche.

Les poings serrés, Nicolas enrage. Tristan s'agite à ses côtés. Les deux frères démarrent un chœur : « T'as vraiment que ça à faire ? Tu les niques avant ou après les avoir tués ? C'est ta mère qui t'a labouré le cerveau ? » Et puis : « Perverse. »

Paule doit faire un effort pour se dire : oui, c'est bien à moi que sont adressées ces phrases, même si je ne les comprends pas. Elle hausse les épaules, pas par provocation, mais parce qu'aucun mot ne lui vient. Tristan renverse une table, furieux comme s'il venait lui-même de recevoir une insulte, son torse se gonfle, il s'approche de Paule, l'arête de son nez la heurte, leurs fronts se collent et elle ne voit plus que ses yeux. Leur pupille est dilatée. Autour d'eux, le bruit s'est tu et la respiration en saccades de Tristan avale tout l'espace. Paule l'a connu quand il n'était pas plus haut que trois pommes et voulait épouser sa propre mère. Est-ce qu'il se souvient ? Elle l'avait poussé dans la rivière un jour. Tristan l'agrippe par le col et le corps de Paule tremble. Son haleine est épaisse. Elle pense un instant qu'il va l'embrasser, il est tellement proche, mais il sort son poing, prend un élan, regarde son frère, qui lui donne son aval, et la cogne deux fois, deux coups violents dans l'œil droit. Paule chavire, ses genoux heurtent le sol. Elle tombe à terre. Tristan et Nicolas sont au-dessus d'elle, elle les imagine prendre un goulot en guise de serpette, lui ouvrir la gorge et l'évider, mais rien ne se passe.

GEORGE

L'espace, c'est la liberté de l'esprit. Il errait pour repousser les limites du champ animal, accélérant lorsqu'il se sentait rattrapé, guettant les dangers, jetant partout ses yeux et dévalant les pentes de son territoire. Sa vie était une folle course de conquête, et personne n'osa jamais lui dire qu'il tournait en rond.

POULET RÔTI

Lorsque Arcadi disparut, emmené par d'autres poulets d'un champ voisin, torturé peut-être, Poulet Rôti guetta longtemps son retour. Chaque matin, il s'installait sur le plus haut perchoir et scrutait le champ. Arcadi ne serait pas parti sans dire au revoir, Poulet Rôti en avait l'intime conviction. Il repensait aux moments doux vécus à deux, à leur fugue et à l'arbre creux dans lequel ils s'étaient cachés, au doux bec d'Arcadi, au grain qu'ils avaient partagé. Bientôt Poulet Rôti ne voulut plus manger. Un matin, il crut apercevoir les plumes mordorées d'Arcadi, mais ce n'était que Curry qui muait.

CARLA

Carla fut une poule isolée, calme, et pourtant vicieuse jusqu'au bout des griffes. Elle picorait les graines avec une lenteur incroyable, ses yeux en marbre ne fixaient jamais son adversaire quand elle se défendait avec des coups précis, des ailes battantes et un couinement perçant. Ses plumes étaient d'une blancheur rare, ce qui suscitait la jalousie des poulets ordinaires, moins nobles. Et si Carla occupait toujours les recoins du poulailler, ce n'était que pour cette seule raison : dos au mur, le couteau ne pouvait venir de derrière.

VIII

La poussière forme une couche si épaisse sur le sol du salon que Paule se demande si les cendres ne se sont pas échappées de l'urne. Ce serait dommage, que la mère termine là. On ne discerne presque plus les motifs carrés du tapis. Du bout du pied, Paule pousse les moutons sous le canapé. Son regard bute sur du rien. Des poulets viennent parfois picorer dans sa main lâchée dans le vide, comme pour la consoler. Faire le marché avec l'œil au beurre noir est impossible. Les touristes poseraient des questions, elle passerait pour une soûlarde, une femme battue. Même Fernand, l'homme au rire si doux, ne comprendrait pas. Peut-être que lui aussi la fuirait. Partant de là, il ne sert plus à rien de tuer, ni même d'écrire.

Louis décroche sans laisser la sonnerie se développer, comme s'il attendait, l'oreille collée au téléphone, son coup de fil. Elle commence à lui raconter l'événement. C'est comme ça qu'elle le dit : « Hier, il y a eu un événement. » Louis est ému : il crie. Il ne comprend pas, il lui demande d'expliquer une deuxième fois. Elle lui parle de la jalousie de Nicolas, de ses succès à elle aux marchés, et même de la visite de Fernand Rabatet pour expliquer la bagarre. Elle enjolive peut-être un peu. Elle lui dit aussi : « Ne t'inquiète pas. » Il retient l'œil au beurre noir et les coups de poing. L'exil de Paule n'a pas de sens. Il veut venir à la ferme, agir comme un rempart.

Comment réagiraient les poulets ? Certains chats se laissent mourir de jalousie. Ici, Louis voudrait retaper la ferme à *son* goût, qu'ils aient enfin une maison à eux. Ce n'est pas l'idée d'être propriétaire qui l'enchante, mais de construire un foyer qui ressemble à leur couple. Lorsqu'ils vivaient ensemble, il évoquait souvent cette maison imaginaire. Ses parents étaient morts tôt, il n'avait jamais vraiment eu de lieu à lui. Il lui demanderait un enfant, c'est une obsession, développée très tôt après leur rencontre, amenée toujours de biais, après l'amour ou auprès d'amis, sans confrontation directe. Il paraît qu'ils ont l'âge, et là, des chambres sont libres, l'argument de la place, du bruit de la ville, ne serait plus recevable. Il ne viendrait pas au marché, Louis n'est pas commerçant. Il ne sait pas sourire, quand il essaie, ses lèvres se plissent. Ses joues enflent, ça lui donne dix ans de plus et l'air étrange, comme si des rides insoupçonnées venaient tout à coup le creuser. Quand il est neutre, sa bouche et tout son visage tirent vers le bas, vers son corps. Ça plaît à Paule, elle tient secrètement l'inventaire de ses sourires. Certains ne comptent pas, ce sont les sourires de politesse, ceux qu'il a en disant merci. Ne sont pas non plus recensés ceux qu'il a avant de faire l'amour, et qui s'effacent au moment où le désir devient trop sérieux.

Les poulets, il ne leur sourirait pas.

Paule déambule, le téléphone loin d'elle maintenant, si bien que les mots ne lui parviennent plus qu'en partie, des bribes de syllabes qu'elle essaie de reconstituer en un étrange puzzle. Elle comprend : « Tu ne peux pas rester seule ici. Reviens. Trois mois sans se voir, il faut faire quelque chose », et peut-être aussi : « Tu me manques. » Ça l'énerve, cette diarrhée de mots lancée comme s'il savait gérer les prédateurs ; ce n'est pas lui qui, petit, tuait les belettes, les rats. Pour les êtres humains nuisibles, c'est pareil, elle saura gérer seule.

Si elle ne peut plus retourner au marché, elle restera avec ses bêtes, dans un rapport d'égal à égal, où personne ne tue personne à la fin de la journée. Leur lien en sera renforcé. La ferme sans sa mère (elle pense : sans adulte) est un terrain parfait : des hectares de champ et personne à l'horizon. Elle pourrait construire elle-même un bac à sable, une cabane avec une grande échelle, un parcours du combattant pour poulets (avec des épluchures à chaque épreuve). Sur internet elle tape « magasin jeux + poulets », le filtre de recherche dévoile une longue liste de dînettes pour enfants. Rien d'adapté. L'idée lui vient d'appeler l'oncle pour lui demander conseil. Il connaît tout de la région. Elle le dérange, il se racle la gorge en marmonnant une adresse « qui vend de drôles de choses ».

Le magasin, c'est « Le grand bazar », à quelques kilomètres du village, dans un bourg proche, Tribaldiou, dans lequel Paule ne s'est jamais rendue. Son village fonctionne en autarcie. Quand on a besoin de quelque chose de spécifique, on va à la ville, la grande. Elle se méfie des autres patelins – une méfiance nourrie par les compétitions de rugby entre écoles.

Elle se met tout de même en route.

IX

Tribaldiou est laid. L'enfilade de maisons sans architecture commune, les routes trop grandes, pas de piétons et trop de voitures ; c'est comme si son propre village avait grandi trop vite. Il faut freiner, laisser passer, attendre. On la klaxonne quand elle ralentit. Plutôt que d'insulter elle caquette, et il lui semble entendre ses poulets qui lui répondent.

Le magasin est aussi grand qu'un élevage de volailles en batterie. Paule reste à l'entrée un moment, cherchant la logique des rayons. Les étagères plastique montent jusqu'au plafond en créant des angles obtus. Un homme s'extrait de l'arrière de l'une d'elles. Son corps est maigre et aussi grand qu'une étagère. Il est habillé d'une chemise boutonnée jusqu'en haut, à la manière d'un prêtre, un prêtre du soleil qui s'avance vers elle à pas de loup, un peu courbé, comme si Paule n'était pas une cliente mais une intruse.

— Je peux vous aider ?

C'est la première fois qu'elle croise quelqu'un

depuis que son œil porte les marques de la bagarre. Elle se dit : je dois avoir l'air d'une dure à cuire. Il suffit de pousser sa voix et elle pourra l'impressionner. Elle compose son identité de cliente, pince les lèvres et articule distinctement.

— J'élève des poulets, j'aimerais leur trouver des jeux, de quoi s'amuser.

— Vous avez peur qu'ils s'ennuient ?

— C'est ça. Ou plutôt, je vois bien qu'ils s'ennuient. J'aimerais que ce ne soit plus le cas.

— Je n'ai pas grand-chose pour les poulets, même si c'est ma viande préférée. On peut sans doute adapter quelque chose.

Le poulet est le seul animal qui porte le même nom vivant et en viande. Cette coïncidence est malheureuse. Quand Paule dit qu'elle élève des poulets, il faut toujours que l'on pense à de la nourriture. L'homme rit, il est fier de sa blague, il attrape la main de Paule pour la serrer puis part au pas de course entre les rayons, attrapant au passage un poulet en plastique.

Quand Paule commence à douter que leurs pas vont les mener quelque part, l'homme s'arrête net devant une immense maison de poupée à deux étages. La maison arrive au cou de Paule, un enfant de trois ans pourrait y vivre tranquillement. Des rideaux à motifs pendent aux fenêtres et la vaisselle est collée sur une nappe à froufrous. La lumière est allumée. Il y a de la place pour huit poulets, et même une salle de bains. D'une des fenêtres part un grand toboggan qui atterrit dans un jardin parsemé de fleurs aux couleurs resplendissantes. Elles ressemblent à celles que les femmes polynésiennes portent en collier dans les publicités, ni Paule ni ses bêtes n'en ont jamais vu en vrai.

L'homme a maintenant un grand sourire, les yeux pétillants. Il pose le jouet poulet dans la maison, le fait glisser le long du toboggan puis éclate de rire, comme si lui-même venait d'effectuer son premier tour de manège.

— Regardez. Vous pourriez installer l'eau dans une des salles de bains pour qu'ils se rafraîchissent.

Paule se saisit du jouet, fait déambuler son corps mou dans la chambre de la maison de poupée. C'est extra. Le poulet regarde par la fenêtre avec son grand cou nu de plastique. Le vendeur se pince le nez pour imiter une voix animale.

— Comme c'est joli ici, j'adore regarder par la fenêtre, mais ma maîtresse m'a demandé de faire mon lit, trêve de contemplation.

Paule anime le jouet, lui fait tirer la couverture avec son bec, mais les becs sont moins pratiques que les doigts, c'est pour ça que les poulets n'ont pas d'aptitudes ménagères. Le vendeur le reprend des mains de Paule et le fait descendre les escaliers, puis danser dans le salon. Sa démarche est encore plus dégingandée que celle des vraies poules. L'homme est un bon marionnettiste. L'affaire est conclue.

Le soleil descend déjà dans la montagne. La route du retour n'est pas longue, elle est pénible quand la lumière décline, les virages enlacent le vide.

Paule gare sa voiture devant la ferme, suivant les traces de pneus laissées par les années d'entrée et de sortie du véhicule. Elle va se diriger vers la maison, s'allonger, mais elle entend les poulets dans le champ caqueter doucement et froisser l'herbe. La nuit, ils murmurent presque. Ils sont restés seuls dans le noir. La mère n'aurait jamais permis ça, les animaux ont besoin de toi, considère-les comme ton bras, Paule.

Malgré l'obscurité, ils ne se sont pas endormis. Comment les faire entrer dans le poulailler à présent ? C'est sûr que certains vont rester là toute la nuit, pour peu qu'ils se soient éloignés. Les poulets sont bons en camouflage.

Paule attrape son téléphone, allume la lampe, ce n'est pas très puissant, ça ne crée qu'un halo, une tache de lumière toute ronde qui tremble sous les coups irréguliers de la tramontane. Elle aimerait montrer à ses poulets leur nouvelle maison, leur parler du poulet qu'elle a aussi rapporté pour eux, c'était un cadeau du vendeur, mais il faut garder la surprise ; elle se sait trop impatiente. Petite elle n'a jamais eu de jouets comme ça, aussi haut de gamme.

L'herbe est vert fluo sous la lumière. Son avancée, elle l'accompagne d'appels réguliers, qu'ils ne s'effraient pas : « Petits, petits… Venez, on rentre, il fait froid. » C'est vrai qu'il fait froid, ses muscles sont contractés. Les poulets ne s'approchent pas. Elle marche avec prudence, elle ne voudrait pas en écraser un, un pas trop assuré et c'est le drame. Elle avance encore. Le champ semble plus vaste qu'en pleine lumière. La tramontane entre sous son pull, la glace.

Au niveau du platane qui marque le centre du champ surgit une large tache rouge, ronde et épaisse. Paule s'agenouille, gratte le sol, enfonce ses ongles. Le rouge se répand sur ses doigts. C'est du sang, frais encore, avec cette odeur qu'elle lui connaît, de métal froid, de mort, de violence, et elle tressaille à le voir répandu au milieu de l'herbe au milieu de la nuit, dans cette ferme où il n'y a personne d'autre qu'elle et ses poulets. Elle frotte, comme pour le faire disparaître, nerveusement, ses manches se tachent, elles sont couvertes de rouge et Paule se sent coupable, comme si la couleur la rendait meurtrière. Elle pense à tous les poulets qu'elle a exécutés, on pourrait être venu l'égorger à son tour, et alors qu'elle sent une pointe s'enfoncer dans son dos, elle perd l'équilibre, se recroqueville en criant. Ce n'est que le bec de Dalia qui la pince doucement. Elle lui caresse la tête, Dalia semble effrayée, elle bat des ailes. Paule lui demande à voix basse : « Qu'est-ce qui s'est passé ? », mais Dalia ne répond pas, elle continue à picorer l'herbe, s'avance vers le fond du champ, vers les vignes de Fresse. Paule la suit, braquant la lumière de son téléphone sur elle. Elle ne veut pas la perdre de vue.

Dalia arrête sa marche au bout de quelques mètres, près d'un groupe de poulets vivants qui continuent à piquer la terre. Dans la bouche de Luc, le cou déchiré d'un autre poulet pend comme une frite au ketchup. Paule hurle. Elle porte plus loin le faisceau de lumière tremblant jusqu'à trouver un autre poulet sans tête. Ses ailes semblent encore s'animer, tentent de soulever le cadavre. Paule s'approche avec prudence, comme si le corps démembré pouvait lui sauter à la gorge. Il est encore chaud. Paule touche son propre cou intact.

Les cadavres dans le champ se déploient. Tout est morcelé et rouge. D'autres membres, minuscules et esseulés, gisent dans l'herbe. Une petite tête aux yeux révulsés apparaît, belle encore, avec sa crête fière dressée, une patte dont les griffes se sont refermées, comme un poing d'enfant, et puis un cœur. Il semble battre encore. Ce sont les morceaux de Victoire. Victoire, si vive, qui n'aimait rien tant que s'ébrouer dans les mangeoires. Paule serre contre elle ce corps devenu puzzle. Ses propres viscères se pincent, une salive amère lui monte à la gorge. Elle pourrait recoudre les poulets ensemble, les recréer à partir des bribes de leurs corps. Elle pourrait écrire : « Ci-gisent les morceaux entremêlés de Victoire et Faisanne, retrouvés joints, leurs têtes agglomérées. Victoire et Faisanne, victimes d'un attentat dans leur champ. Jamais elles ne connurent la maison de poupée. »

Elle ramasse les cadavres un à un. Les têtes

sont détachées des cous, les cous de l'abdomen, les pattes dissociées. Chaque membre semble avoir choisi son chemin propre. De rage, Paule attrape un poulet qui tourne encore et le broie. Le corps ne résiste pas, il se plie, s'écrase, se disloque, et voilà Paule ensanglantée comme le champ.

Dehors il commence à faire très froid.

Elle amasse le plus de corps possible, rendant illisible le schéma dessiné avec soin par le meurtrier.

X

Face aux prédateurs, le poulet peut avoir un comportement inhabituel : la fuite, l'immobilité, le cri du danger… Ont-ils crié son nom ?

Le goût du sang hante sa bouche. Paule tente d'étouffer sa peur en expirant et son souffle est chaud. Dans ses rêves, elle se rend dans une exploitation voisine, celle de Nicolas peut-être, tue les vaches une à une en leur faisant gober des cerises bleues et trop mûres. Elles s'enfoncent au fond de leur gorge, bloquent leur respiration. Les vaches et les bœufs s'effondrent sur le sol, dans l'herbe, et cela fait le même bruit qu'un vase qui se casse sur du béton.

Au matin, les survivants du massacre se tiennent en groupe serré, caquetant près de leur poulailler à voix basse. Leur émotion est palpable. Paule aimerait rejoindre leur rassemblement, se lover près d'eux, se coucher à même l'herbe malgré les cailloux. Leur dire : je suis l'une de vous, je souffre. Main tendue, elle s'approche de quelques pas, à la recherche d'une caresse, et les poulets reculent. Spin lui présente son bec comme une épée. Ils lui défendent de venir à eux. Est-il possible qu'ils la pensent coupable ? Ils connaissent son odeur, sa voix, ses gestes. Ses exécutions n'ont rien de massacres de masse. Elle les aime, elle voudrait leur promettre : jamais elle ne les descendrait à l'aveuglette, dans la noirceur de la nuit, à la machette.

Mais les poulets ne veulent rien entendre. Ils se sont réunis pour pleurer les morts et ne l'accueillent pas à la cérémonie.

Il faut leur laisser le temps de cicatriser. Leur apporter du réconfort.

Paule se met au travail. Elle sort les outils de sa mère et encastre, visse, cloue les planches de la maison de poupée. Le montage n'est pas long. Tout s'emboîte et le toboggan glisse. Les poulets, d'abord impassibles, la regardent faire, examinent le plastique rose et les fausses fleurs. Certains, elle le sait, sont démesurément curieux et avides de nouveauté. Ils la rejoindront. C'est Galice qui, en premier, quitte le troupeau pour s'aventurer vers le nouvel objet rose et imposant. Curzio caquette, lui demande d'arrêter, le traite de fou. Mais Galice n'entend rien, il s'obstine à avancer, le regard fixe. Lorsqu'il arrive au pied de la maison de poupée, il la pique du bec, comme pour en analyser la texture. Il semble déçu : ça ne se mange pas. Alors Paule l'attrape pour le faire glisser sur le toboggan, lui faire comprendre ce que c'est qu'un jeu.

Il a ouvert la voie. Les autres, intrigués, se présentent à leur tour, et Paule offre un tour à chaque survivant.

Ensemble, ils rient une journée entière. C'est un processus de résilience qui s'enclenche. Néanmoins, même quand elle pense voir le bonheur dans leurs yeux, elle reste intranquille. Elle n'a pas su être à la hauteur de sa tâche, elle n'a pas su être la protectrice des poulets. La mère n'en a jamais perdu autant d'un coup. En moins de trois mois, elle a réussi à dilapider son héritage. C'est comme ça qu'elle pense l'événement : un échec de transmission.

Elle devrait enquêter, rendre sa violence au coupable, lui trancher le cou. Mais Paule n'arrive à rien démêler. À chaque fois qu'un nom vient heurter son esprit – Nicolas, l'oncle, Louis –, elle se dit : non il est impossible qu'il ait commis une telle chose ; ça pourrait être une bête, un prédateur naturel. On a vu, dans la région, des belettes décimer des élevages entiers en bonne santé. Les morsures des belettes ressemblent à celles de vampires. Les bêtes qui ne succombent pas aux morsures meurent de crise cardiaque. Mais il n'y a qu'un être humain pour égorger des poulets de cette façon.

Elle aimerait appeler Louis, lui demander : « Est-ce que c'est toi ? Est-ce que tu es venu ici pour tuer mes poulets ? » Sa jalousie aurait pu faire ça de lui : un meurtrier. Louis est le seul à ne pas fréquenter d'animaux. Quand les animaux sont pour quelqu'un seulement une viande le rapport au vivant est modifié. La culpabilité de Louis l'arrangerait, mais il serait plus logique d'accuser Nicolas ou Tristan, qui l'ont mise à terre sans raison, ont frappé son œil qui ne les a jamais regardés qu'avec tendresse et compassion. Ou l'oncle à la violence tranquille, hochant la tête paisiblement tout en s'imaginant d'immondes massacres. Qui sait ce qu'il fait à ses propres bêtes, dans la montagne, au milieu de ses installations neuves et de son champ trop propre ? Elle imagine l'oncle et Nicolas se mettre d'accord dans le bar, autour de kirsch, prendre la serpette de la famille et venir tuer ses poulets en pleine nuit, dessiner une immense croix, comme un sens interdit, avec leurs abats. Paule souffle. C'est insoluble. Elle n'est pas détective. Elle est de celles qui ne devinent jamais l'identité du tueur avant la fin du roman.

La seule certitude est qu'il lui faut de nouveaux poulets.

Sa mère choisissait toujours les classiques Faverolles. Elle aura des Crèvecœur, comme elle en a toujours rêvé. « Ce ne sont pas des poules de chez nous, arguait la mère, elles viennent du Nord. » Pourtant, les Fresse en possédaient, et Paule les admirait piquer le champ d'à côté, avec leurs deux cornes rouges et leurs longues huppes. Les poules Crèvecœur peuvent être noires, blanches, coucou ou bleues, mais ce sont les noires qu'elle préfère. À chaque fois qu'elle les verra courir dans son champ, son cœur se serrera. Elle les baptisera comme elle le souhaite, avec des noms poétiques qu'elle prendra plaisir à prononcer. Paule a besoin de temps pour nommer. Elle aimerait être fidèle au mythe de sa mère, affirmer que les noms éclosent du premier regard posé sur l'animal, que poussins les poulets portent déjà en eux ce qu'ils vont devenir : de grands coqs féroces ou des poules exemplaires. La mère ne revenait jamais sur le nom choisi au jour originel. Si elle s'était trompée sur le sexage, tant pis : c'est aussi ce qu'il était, ce coq, une Gertrude.

Pour choisir ses poulets, elle sait où aller. Là où se sont toujours fournis les Rojas quand les poussins venaient à manquer : chez Gustave. On lui a appris à rejeter les animaleries, qui abreuvent les bêtes de colorants pour rendre leur plumage attirant et soyeux. Les poulets chatoient mais leur sang est noyé de substances qui réduisent leur espérance de vie à peau de chagrin.

Gustave vit avec poulets, femme et enfants dans la montagne. Ils ne sont pas de la région. Ils aiment boire, toute la famille, alors l'intégration a été facile. Un jour Gustave a pleuré devant les autres au bar, avouant que s'ils avaient déménagé, c'est qu'un accident avait eu lieu. Un de ses enfants avait tiré sur un camarade de classe au fusil. La balle avait traversé la tête. Gustave ne pleurait pas à cause de l'accident, mais à cause de la montagne qu'ils avaient dû quitter. C'était la terre de ses ancêtres. Il disait :

ceux qui m'ont créé sont morts là-bas. Le village entier avait compati et les affaires avaient redoublé d'ampleur. Sa femme élève les enfants, et lui les poulets. Il les élève nombreux et en cage. Son créneau, c'est d'offrir du choix : un fermier doit pouvoir faire ses emplettes comme en supermarché, la qualité en plus.

L'exploitation est composée de trois hangars sans extérieur dont jaillissent décibels de cris de bêtes. La cacophonie ne rassure pas Paule. Elle pense au silence de ses propres poulets, à leur deuil. Les survivants l'attendent, elle ne doit pas s'éterniser. Gustave l'accueille derrière un comptoir. Il ne montre pas de signe de reconnaissance. Elle dit qu'il lui faut cent Crèvecœur, c'est le maximum que peut contenir la camionnette, jeunes encore, pour les dresser. « Pour vous, jusqu'à quel âge un poulet est jeune ? » demande Gustave. Paule hausse les épaules. Il faudra qu'elle se penche sur l'âge de raison de ses bêtes.

Il l'entraîne dans le hangar n° 2. Tout y est parfaitement organisé et baigne dans l'odeur de chlore. Des rangées de cages s'alignent de façon carcérale. Dans l'une d'elles, Paule repère plusieurs poulets traînant groupés. Leur dos est large et incliné, leurs ailes grandes et serrées au corps, leurs cuisses courtes. Leur face rouge supporte une protubérance formant une huppe composée de plumes rejetées en arrière. Tous portent la barbe. Ça les rend chic. Les quatre doigts sont presque palmés, comme les mains de Louis. Ils sont noirs, mais ça ne lui fait pas peur. Les poulets noirs ne portent pas malheur comme les chats.

Paule s'approche pour mieux les examiner, et l'un des volatiles accourt vers elle, baisse la tête, comme en signe de soumission ou de salut déférent. Sa crête coiffée en pétard s'incline. Il la reconnaît comme sa maîtresse. Lorsqu'il soulève une patte, on dirait qu'il danse, et immédiatement, Paule a envie de valser avec lui. Autour d'eux, le hangar n'existe plus. Ce poulet a un charisme fou. Sa langue sort, émet un sifflement et elle croit entendre un faible « Maman ». Elle sait déjà qu'il sera son nouveau Charles, son confident. Elle le nommera Aval, ils s'aimeront et se consoleront de tout.

Sur le chemin du retour, elle fixe le cadran de vitesse, se prouvant qu'elle va aussi vite qu'elle le peut. La camionnette vibre sur le goudron, les platanes défilent. En se garant, Paule dérape ; les Crèvecœur caquettent pour se plaindre. Elle s'excuse à voix basse, court jusqu'au poulailler. Elle craint un nouveau massacre. Mais rien n'est arrivé en son absence. Ses poulets sont bien perchés, comme quelques heures auparavant, sages et vivants.

Paule peut introduire le nouveau troupeau, faire les présentations. Elle murmure en déchargeant les cages : « Regardez qui je ramène. » Mais les anciens se méfient. Ils n'aiment pas que l'on empiète sur leur territoire. Ils se répandent dans le champ, comme pour prendre leurs positions. Voyant que les étrangers s'avancent, cherchent leurs marques, les doyens se jettent sur eux dans un même mouvement brut et les piquent violemment. Il faut établir la hiérarchie au premier regard, question de survie. Paule garde Aval dans ses bras, près de son cœur, et son bec s'ouvre au rythme des battements. Très vite, le niveau sonore monte. Il n'y a rien à faire que crier pour séparer les bêtes, tirer sur leurs ailes. Certains ressortent chauves de la rencontre, avec de vilains trous dans leur plumage.

Dans la boîte aux lettres, là même où d'habitude s'amassent les factures, se trouve une enveloppe. À l'intérieur de l'enveloppe il y a une carte, figurant une vache paissant délicatement, ainsi qu'un mot de Fernand Rabatet, l'homme du marché. Il avait promis qu'il reviendrait. « Je vous ai trouvée. J'aimerais venir rendre visite aux poulets quand ils courent encore, est-ce que j'aurai l'honneur d'une invitation ? »

XI

Les biographies suivantes sont plus violentes qu'à l'accoutumée. Y sont dépeints le massacre du 15 décembre, les taches rouges dans l'herbe, l'attitude héroïque des survivants. Sa principale source d'inspiration, ce sont les récits de guerre, *Waterloo*, *Les Mémoires d'un rat*, *Kaputt*. Elle tente des formulations osées en forme de vérité générale, ose même leur attribuer des épithètes aux côtés des prénoms, elle a vu que ça se faisait : Tasse, poulet incassable ; Glace, poulet au sang chaud. Qu'ont-ils vu ce soir-là ? Ce sont des survivants et c'est avec de la solennité, et un peu de soulagement aussi, qu'elle les exécute. C'est une grande jouissance de raconter le sang qui coule et les cous tranchés, le vent qui apporte sa plainte ; la salive reflue vers la langue et Paule se masturbe plus souvent.

Ces biographies sont pourtant invendables ; elle jette les poulets qu'elle tue à la benne. De toute manière, l'accès au marché lui est encore compliqué : son œil a pris d'autres teintes, moins vives (on dirait maintenant un coucher de soleil). L'essentiel est de ne pas perdre la main. Le temps qu'elle ne passe pas à tuer le poulet, elle écrit. Sur son bureau, les biographies se mêlent maintenant à des ébauches de réponses pour Fernand. Là aussi, il faut pouvoir trouver les mots : qu'il se sente bienvenu dans la ferme. Elle a besoin de consolation. Sur plusieurs cartes, elle trace simplement : « Viens. »

Elle dort sans couette. Le chauffage électrique allumé et son ronronnement lourd étouffé par des boules Quies. La tramontane et le caquètement des poulets s'infiltrent par les fentes des fenêtres. Son téléphone ne sonne que lorsque Louis l'appelle. Il disserte longuement sur la brutalité des campagnes. Lui est d'ascendance calme, d'ascendance citadine. Sans cela, il ne pourrait pas faire son métier, assurer l'apaisement tout au long des chantiers. Dans le couple, c'est aussi lui qui tient ce rôle : il empêche Paule de partir trop loin. Lorsqu'il sent les premiers symptômes de la colère, il l'attrape par les épaules et dépose un baiser sur chacune de ses articulations.

Elle répond toujours à ses appels. Il dit : « Quand le téléphone est coupé, la relation meurt. » Il faut payer le loyer, et même si Louis n'est pas vénal, il n'aimerait pas se faire avoir. Il a l'impression d'être quitté en silence. Les histoires de poulets le dépassent. Comme dans *Les Mille et Une Nuits*, Paule berce Louis d'histoires sur son retour, le rassure : elle a encore du travail ici avant de quitter la ferme, ça l'aide à renouer avec son passé, oui, oui, non, bien sûr elle paiera le loyer et pense à lui. Si quelque chose n'allait pas, elle le lui dirait, bien sûr. Elle ne parle pas de Fernand. Sa manière boudeuse d'accepter ce qu'elle lui dit, son « D'accord, je te fais confiance », émeut Paule. Il ne la croit pas.

Une fois la rudesse du premier contact passée, les nouveaux poulets s'accoutument bien à leur environnement : ils aiment en particulier la maison de poupée. Deux d'entre eux y ont élu domicile. Aval et Ève, une autre Crèvecœur pour laquelle Paule s'est prise d'amitié, y roucoulent. Le soir, Paule leur ferme les volets. Ce sont ses poulets à elle, sans lien de descendance avec ceux de sa mère.

COCO

Âme valeureuse, Coco puisait sa puissance en ses pattes vigoureuses et légères, aptes à le mener jusqu'à de sauvages contrées. Coco ne craignait pas le courroux, Coco ne craignait pas les fléaux, il courait en leur travers et décimait lui-même les hécatombes, et de ses ailes protectrices enveloppait les plus faibles.

CURZIO

Curzio craignait le vent. Quand la tramontane souffle, l'électricité passe dans l'air ; les oreilles sifflent, les poulets dansent. Le soir du massacre lui remontait avec les rafales en de lents sifflements. Curzio, au moindre souffle, se cachait.

À l'abri, il faisait le dos rond, attendant que le vent cesse pour qu'enfin se calme le son de la mort. Un jour pourtant, il ne s'abrita pas. Son caquètement se mit à ressembler à un sifflement, puis il ne parla plus du tout.

SPIN

Spin semblait voir les spectres. Seul dans le champ, il s'entretenait avec eux et leur racontait les histoires du poulailler. Il rêvait qu'ils s'éloignent enfin, mais ils ne le quittaient pas. À la fin, il se mit à craindre son ombre.

XII

Fernand doit arriver sur les coups de dix-sept heures. C'est lui qui a choisi l'horaire. L'urne est en évidence sur la table, Paule la caresse doucement pour lui témoigner son affection sans la déranger. Elle hume les lieux : elle veut se laisser infuser. L'odeur de la mère est encore partout, forte et âcre comme celle de feuilles mortes ou d'un animal. Une odeur qui donne la nausée quand on entre dans une pièce, ou lui donnerait la nausée si ce n'était pas l'odeur de sa mère. La mère n'aimait pas se laver. À quoi bon ? Le crottin s'insinuait partout, on entrait dans toutes les pièces avec les vieilles bottes aux semelles pleines de l'extérieur. Elle disait : c'est le travail qui nous rend sales, on ne gagne pas contre la poussière.

Paule a laissé Aval, Ève et quelques-uns de leurs amis entrer. Ils s'en donnent à cœur joie à caqueter, à piquer gaiement les coussins. Ils extirpent les plumes d'oie qui les remplissent, espèrent y trouver quelques grains. À leurs côtés, Paule cuisine. Elle prépare ce qu'elle fait le mieux : du céleri et des pâtes au pesto, pour le soir, si Fernand voulait rester manger. Pour lui, elle fait dorer des lardons. Leur odeur entre en conflit avec celle de la mère, lentement la dissout. Lorsque l'un d'eux saute de la poêle trop chaude, elle le regarde un instant sur le carrelage : faut-il le remettre à cuire ou le jeter ? Elle s'en saisit : c'est plus petit qu'une allumette, bien divisé entre le gras et le rose. Ça ne ressemble pas à un animal.

Elle le gobe. Pas de goût. Aval tourne la tête. Elle jurerait qu'il a arboré une grimace de dégoût. Est-ce qu'il l'a vue ingérer la viande ? Elle tente de se pencher pour lui donner une caresse mais il l'en défend en piquant son pied. C'est la première fois qu'il lui montre de l'agressivité. Ça ne peut être le fruit du hasard. Il l'aime parce qu'elle est végétarienne. Elle n'aurait pas dû. Elle promet : elle ne recommencera plus.

Paule sépare les parts en deux. Elle espère que le caquetage des poulets allégera les éventuels silences. Fernand aura juste à tourner la tête pour lui demander : « Alors, tu sais ce que tu vas écrire sur lui ? » « Celui-là, il s'appelle comment ? » « Mais tu les connais vraiment tous ? » « Comment tu différencies les mâles des femelles ? » Paule lui expliquera la procédure en termes savants, lui montrera les plumes, plus grandes chez les femelles, parlera du baiser cloacal, du pénis disparu des poulets et du saut qu'ils effectuent sur les femelles pour les féconder, plantant leurs griffes dans leur chair sans s'arrêter de chanter. Elle lui apprendra qu'une compétition de sexage de poulets a lieu chaque année dans le Nord, qu'elle a fait le déplacement autrefois, avec sa mère, mais qu'elles n'avaient pas gagné.

Fernand est en avance. Il sonne deux coups et ça résonne entre les murs comme la cloche d'une église. Il ne tend pas la main à Paule, ne l'embrasse pas, mais entre dans le salon. Ses yeux naviguent. Il a apporté du vin : c'est celui d'une autre région, c'est surprenant, un peu indélicat aussi. Paule rougit. Elle aurait dû venir le chercher dehors. Dans les fictions, les fermiers sont toujours à l'extérieur. Paule se trouble d'être là, seule humaine avec Fernand, lui plus grand que dans ses souvenirs, portant à nouveau sa veste d'explorateur élimée. Elle l'a fait entrer, comme on fait entrer le loup.

— C'est coquet chez vous.

La bouteille en main, il foule le sol de la maison, manque d'écraser Aval. Il inspecte.

— J'ai mangé les six poulets de la dernière fois. Brutus était délicieux.

Sa voix se fait mélodramatique, comme s'il pouvait s'agir d'amis ainsi dévorés, puis il éclate de rire.

— Tous cuits au four. Leur biographie trône sur ma hotte. Avouez, vous ne les avez pas écrites toute seule ?

Aval caquette, comme en signe de désapprobation. Il veut prendre part au dialogue. Fernand se retourne vers lui, s'agenouille pour l'embrasser, mais il fuit, passe par la porte entrouverte pour rejoindre ses camarades dans le champ. Fernand garde les yeux sur Aval.

— On le suit ?

L'herbe n'est pas vaillante à cette période de l'année, les arbres ont perdu leurs feuilles. Les poulets rattrapent tout. Ils bougent à en perdre haleine, à se monter dessus et à chanter, comme si l'arrivée de Fernand les poussait à se donner en spectacle.

— Quels beaux poulets.

Les Crèvecœur décorent parfaitement le paysage, leurs plumes en pétard s'accordent bien avec le vent d'ici. Elle est fière. Louis est le seul qu'elle ait jamais amené à la ferme, sur les poulets il n'avait rien dit. Il avait parlé des montagnes et de la garrigue. Elle avait été surprise qu'il sache distinguer le thym du romarin. Partager le lieu est important. Ça ouvre une vanne en elle : elle raconte à Fernand l'histoire de la maison, de ses grands-parents, les chants de la ferme. Il ne lui demande pas d'imiter le cochon. Tout en l'écoutant, Fernand se fascine pour les poulets qui gambadent autour d'eux, les caresse parfois et finalement, avec dextérité, attrape Charles qui court près de lui. Les débutants mettent parfois des dizaines de minutes à coincer un poulet. C'est drôle que ce soit tombé sur lui, Charles. Il a quelque chose de spécial. S'il n'y avait pas

Aval, ce serait avec lui qu'elle dormirait. Elle l'a nommé d'après le poulet assassiné par sa mère au jour de son anniversaire. Ça aussi, elle le raconte à Fernand : la mère qui la fixe en exécutant cet animal ami, son dégoût de la viande.

— Tu ne manges vraiment plus de viande ?

Il insiste. Il est logique que quelqu'un qui tue mange. C'est dans l'ordre des choses, si les lions tuent c'est pour se nourrir, et il en va de même pour l'humain. La viande rend fort et oxygène le sang. Paule maintient : elle ne mangera plus jamais de viande. Elle repense au lardon avalé. Sa graisse semble s'être incrustée en elle. Elle se sent sale.

— Alors ton truc, c'est juste de les tuer ?

— Je perpétue une tradition.

Le temps est doux pour décembre, le ciel bleu, des kilomètres de nuages blancs défilent. Comme ils restent immobiles, presque sans mots, les poulets s'approchent d'eux. Fernand chante dans des langues étrangères près de leurs oreillons. Lorsque sa berceuse se termine, il pose Zelda presque endormie sur ses genoux avant de se tourner vers Paule.

— Tu sais, c'est une bonne idée cette affaire de biographies.

— Tout le monde ne pense pas ça.

Fernand ferme les yeux longuement, comme méditant.

— Les gens aiment ce qu'ils connaissent. Les certitudes. Cette nouvelle façon de voir les poulets, ils s'y feront, ils ne pourront bientôt plus s'en passer, tu verras qu'ils se mettront à faire des copies.

Paule sent une tension. Elle voudrait lui parler du mauvais accueil au marché, du massacre, lui dire que tout n'est pas si facile qu'il le pense. Qu'il la plaigne.

— L'autre jour, certaines de mes poules ont été coupées en morceaux dans le champ.

Fernand effectue un geste brusque de la main, comme pour balayer les derniers mots de Paule. Il cherche à revenir à la conversation.

— Il ne semble y avoir rien de joyeux autour d'ici.

— Je découvre que j'aime les poulets. Je me sens proche d'eux. C'est un amour très fort.

— Précisément : tu devrais garder les poulets, l'idée des biographies, mais quitter cet endroit.

— Pour aller où ?

— Les gens en ville adoreraient ça, avoir leur biographie de poulet. Ça les lierait à ce qu'ils mangent.

Le poulet en ville n'est pas le même. On le mange sans aspect animal, coupé de sa forme originelle. Lors d'un dîner entre amis, Alice, une collègue de Louis, était revenue de la cuisine, portant un grand plateau en toc argenté sur lequel reposaient des poulets écartelés en tant de morceaux qu'on n'y comprenait plus rien. Et même Paule qui avait côtoyé toute son enfance des poulets n'aurait pas pu dire combien se trouvaient là sur le plateau ni avec quoi ils avaient été découpés. Visiblement, avec un couteau de mauvaise qualité et par quelqu'un ignorant tout de leur anatomie, et ne sachant pas séparer une aile ou une cuisse du blanc. Paule avait regardé ce festin se dérouler en mangeant des frites et sans comprendre pourquoi des haut-le-cœur l'avaient prise violemment. C'était au milieu d'une conversation sur les études quantitatives, les sondages, en tout cas quelque chose de chiffré, et elle-même s'était mise à compter dans sa tête 1, 2, 3, 1, 2, 3 pour calmer la nausée et tenter de penser à autre chose, mais à chaque fois que quelqu'un piquait dans le grand plateau un morceau de poulet informe – ça ressemblait à des nuggets –, sentir cette odeur familière associée à une image de bouillie la rendait malade. Louis lui avait reproché son silence. Son haleine de viande plastifiée la dégoûtait. Il avait tenté de l'embrasser au beau milieu du repas, de planter des frites dans sa bouche, mais Paule avait cessé de le regarder et l'avait renvoyé, par quelques regards, dans son espace, comme aujourd'hui elle se dit qu'elle pourrait renvoyer Fernand. Il doit sentir qu'il est allé trop loin, parce que son ton se fait plus doux.

— Je peux t'aider à les vendre. Je connais les supermarchés. C'est mon métier. On serait associés et toi tu resterais avec les poulets, là où tu veux.

— Comment ?

— Je possède un supermarché.

— Possède comment ?

— Comme tu possèdes cette ferme.

Paule jauge à nouveau son invité, son aisance dans la ferme, son charme. Elle pense : c'est donc de là qu'il vient. La carte sur son visage qu'elle n'arrivait pas à lire. Ses origines : les supermarchés. L'idée même qu'un supermarché ait un propriétaire paraît absurde. Pourquoi pas un prénom ?

— Ma famille vient des supermarchés. Mes promenades, enfant, je les faisais entre les rayons. Le poulet a besoin d'une nouvelle image. Il y a de la suspicion envers leurs vendeurs. Il faut dire qu'il y a de quoi…

Ses parents détenaient une chaîne dans toute la ville. À leur retraite, chaque enfant avait hérité de son supermarché préféré. Lui, c'était Saint-Jacques. Paule est souvent passée devant mais elle préfère ne pas mentir : elle n'y est jamais entrée. Elle se méfie des grandes surfaces et de leurs néons.

— J'essaie juste de passer le temps.

— Pourquoi tu es revenue ?

— Parce que ma mère allait mourir.

— Et c'est tout ?

— Ça me semble une bonne raison.

Elle pourrait lui raconter qu'elle essaie de conquérir quelque chose ici, lui dire que pour sa mère elle n'est pas arrivée à faire un discours. Alors, comme s'il avait compris qu'il ne tirerait rien de Paule ce jour-là, Fernand se rapproche d'elle et se tait. Seule Zelda en position grosse boule les sépare.

Paule aimerait prendre la main de Fernand dans la sienne mais ses doigts transpirent. Ce geste serait aussi peut-être une trahison envers Louis. Elle ne sait pas à quoi l'autorise la distance. Ils restent un moment comme ça, en silence, le corps et le visage proches, sur le canapé de la mère, avec le bruit des poulets qui court autour d'eux, persistant mais doux. Fernand se lève, et coupe court au moment.

— Tu voudrais venir chez moi pour Noël ? Si tu n'as pas d'obligation. Tu peux ramener qui tu veux.

— Même un poulet ?

— En particulier un poulet.

CHARLES

Charles aimait la fraîcheur des bras humains ; les battements de leur cœur tendre. Humain, poulet, même sang, mêmes combats. Ce discours dans le poulailler n'était pas neuf. Car Charles, du regard à la robe, des griffes aux coups de bec, était la parfaite résurrection d'un autre Charles, admirable entre tous. Mais l'époque avait changé, et pour vivre il lui avait fallu s'adapter, devenir plus humain que poulet, se perdre en compromis. Et les compromis mènent toujours à la serpette.

BÉTAIL

Bétail n'était jamais où on l'attendait. Il entassait le moindre grain, le moindre brin d'herbe. Son but était simple : entasser pour mieux régner, pouvoir revendre les denrées aux jours de disette. Sa place dans le nid était un véritable marché, dans lequel les poulets se pressaient lorsque la faim venait. Ses muscles accomplissaient des mouvements constants. Il courait à sa perte.

HAROLD

Harold fut l'incarnation du poulet médiocre. Une patte correcte, l'autre croche, se terminant en queue de poisson. Dire qu'il boitait aurait été une flatterie excessive. Des ergots trop puissants, des plumes trop rares. Cela n'empêcha pas Harold d'être apprécié par ses collègues qui n'étaient pas moins médiocres, et même aimé de l'un d'eux, car c'est dans sa médiocrité que tous se retrouvaient.

XIII

Ève est morte. Paule l'a retrouvée figée au matin dans la maison de poupée. Elle ne s'est pas fait tuer, Paule soupçonne des parasites d'être à l'origine de son décès. Cela la chagrine. Elle sait ce qu'elle aurait inscrit sur sa biographie, elle sait comment elle l'aurait abattue. Paule déteste ne pas avoir le contrôle. Ce qui est mort n'est pas bon à manger.

Ève était la compagne d'Aval.

La nuit, Aval dort maintenant auprès de Paule, dans le lit double de son enfance, chacun de son côté. Elle aime sentir sa chaleur, sa respiration qui soulève les draps. Aval s'y est habitué. Ses griffes ne lacèrent plus les édredons. Parfois, elle autorise les prochains poulets condamnés à les rejoindre dans sa chambre mais ils restent sur le sol, sur une mer de couettes installées pour eux. La position de favori d'Aval doit être affirmée. C'est inspirant pour l'écriture des biographies de partager leur sommeil. Elle croirait pouvoir se joindre à leurs rêves. C'est une de ses théories, qu'au sein d'un même lit les rêves circulent, dépourvus des barrières du langage qui dans la réalité sont si contraignantes. Les nuits où dix poulets dorment dans la chambre, ses rêves, elle en jurerait, sont plus verts, peuplés d'herbe et de pluies de grain.

Malgré leur douceur, elle ne s'en sert pas de coussin. Le bec d'Aval, cette nuit-là, est tendu vers elle. Sa tête repose sur l'oreiller. Il l'observe tendrement, elle voit ça, qu'il a de la tendresse pour elle, de l'amour même peut-être. Il piaille doucement à son oreille, picore ses cheveux. Sur son crâne, une nouvelle plume, plus colorée, a poussé, rougeâtre. Il mue. Il vieillit. Un jour, il faudra le tuer lui aussi.

Elle caresse sa tête tendrement et ses yeux se plissent de plaisir.

— Toi, tu aimerais connaître la ville ? Mourir ailleurs ?

Il cligne. Une fois. En morse, cela ne peut vouloir dire que oui. Elle remonte la couette sur eux. Elle imagine les poulets partir vers la ville, bien tranquilles dans leur emballage sous vide. Elle aimerait pouvoir les accompagner jusqu'aux supermarchés, regarder les clients qui les achètent, faire un détour par chez Louis.

— Il faudrait que je t'y amène. Tu piquerais du béton.

Aval a déjà fermé les yeux. L'image d'un bec transformé en marteau-piqueur berce Paule. Elle s'endort en y pensant.

XIV

La porte est ouverte. Paule sonne malgré tout ; personne ne vient. Elle reste là, les bras ballants, devant la façade orgueilleuse de Fernand. Elle entre sans que l'on vienne la guider, glisse dans le grand couloir, à sa droite un escalier, sur la gauche une enfilade de portes. Entre elles, de grandes photographies de paysages types, une montagne, une plage de rêve au sable blanc, une ville bien construite aux immeubles cohérents, un champ où paissent lentement des bovins noir et blanc. La maison est élégante mais rien de l'identité de son hôte ne s'y devine. Ça sent le poulet, la peau odorante qu'elle imagine se craqueler dans le four. La veille, Paule a offert à Fernand trois bêtes pour le repas – dont Charles, qu'il a tenu dans ses bras – emballées dans de la cellophane colorée et entourées de rubans. Aval ne l'accompagne finalement pas : il aurait distrait l'assemblée et accaparé toute l'attention.

Paule s'avance jusqu'à entendre des voix, et au milieu de celles-ci, le timbre de Fernand, dépourvu d’accent. Dans le salon deux invités – deux seulement – discutent autour d’une table basse garnie de petits-fours. Fernand se lève sans s’avancer :

— C’est Paule ! Entre, Paule, viens nous rejoindre.

Le feu brûle ses bûches, les chauffages diffusent leur air. Fernand ne fait pas les présentations.

— C’est presque un jour comme un autre, non ? Juste un jour où les affaires marchent mieux que d’habitude.

Les deux invités sont vieux. Aussi vieux au moins que la mère au moment de sa mort. Paule prend place sur un canapé face à eux. L’homme lui sert un regard lubrique. Il porte un costume en tweed d’un autre âge qui évoque une filiation avec la veste d’explorateur de Fernand. Paule ne parvient pas à sourire. Louis doit être à table lui aussi. Il ne l’a pas appelée. Le vieil homme jacasse sans discontinuer sur la montée des eaux au Pakistan. Fernand rit aux blagues en servant le champagne. Elle aurait dû prévoir un repas spécial pour les poulets, une occupation, un disque de chansons de Noël. Il faudrait rentrer près d’eux. Fernand s’assoit à ses côtés, cette proximité la calme. Elle lui murmure à l’oreille : « Ce sont tes parents ? » « Non, répond-il, nos futurs investisseurs. »

À table, il y a du vin. Fernand s’éclipse un instant pour réapparaître, glorieux, portant à bout de bras un immense plat garni de viande émiettée et d'épaisses pommes de terre auxquelles la peau n'a pas été retirée.

— C'est Paule qui nous nourrit aujourd'hui. Fernand coince entre la cuillère et la fourchette en argent un large blanc de poulet, un filet entier découpé habilement, le suspend devant Paule. La pression des instruments se relâche, la viande tombe lourdement, à plat, au centre de l'assiette. Les invités lèvent leur verre à Paule.

— Est-ce que tu es capable de dire à quel poulet ça appartient ?

— Pas sans les plumes.

— Ce sont les plumes qui font la différence chez les poules ?

Le morceau cuit dans le gras trône devant elle. Est-ce Charles ? Elle n'a plus côtoyé de poulet cuit depuis des années. La viande ne laisse pas voir de visage. C'est une trahison dans l'assiette. Fernand a osé. Il veut la voir ingérer de la viande. Avec sa mère, elle a connu les lasagnes faussement végétariennes, les boulettes de légumes mêlées à du haché, dans la soupe, positionné savamment, au milieu des croûtons, un morceau de foie grillé ; rien de si frontal.

Avouer qu'elle est végétarienne reviendrait à dire que quelque chose ne tourne pas rond dans la volaille qu'elle produit. Elle se sent comme le testeur de poison de Cléopâtre.

Les yeux descendent vers son assiette. Pourquoi ne mange-t-elle pas ? Les vieux commencent à mâcher. Paule serre le manche du couteau. C'est plus tendre que dans son souvenir, tellement facile d'enfoncer ces beaux couverts dans la chair blanche. Elle tranche dans le blanc. Fernand ne la lâche pas du regard. Évider un poulet est une autre affaire, rompre la tête. Une fois qu'elle a découpé des morceaux de petite taille, Paule coupe encore. À la fin, ce ne sont plus que des miettes.

Le poulet est une viande silencieuse : les mots ont été troqués pour de la mastication. Dans la bouche, ça remue fort, Fernand suce les os. Paule se lève, sans rien dire, avec son assiette. Elle la verse dans la poubelle.

XV

Fernand éclate d'un grand rire qui se termine en trémolo, amygdales saillantes. Paule ne savait pas qu'elle pouvait être drôle, l'idée est terrifiante. Elle se dit : je peux faire rire, comme elle pense : je peux tuer. Elle porte son pouce à sa bouche, le ronge. La cuticule saigne.

Fernand pose la main sur la cuisse de Paule sans quitter la route des yeux, tourne ses doigts au-dessus de son collant, comme s'il essayait de passer une vitesse. Paule tressaille, regarde la main comme un membre étranger qui serait venu se greffer à elle. Une cicatrice ronde y trace un trait circulaire sur le majeur, comme une alliance gravée avec de mauvais outils dans la chair potelée. Entre le pouce et l'index, la peau qui sert de jonction entre les doigts est trop abondante, elle devrait être coupée. Elle pense à Louis et à ses quatre doigts par main. Quand il l'enlace, c'est comme un poulet ami qui viendrait se blottir contre elle. La main de Fernand, ses cinq doigts, elle n'y est pas habituée, elle n'en veut pas, elle contient trop de viande. Fernand se remet à parler.

— Je voulais te surprendre. Essayer. Voir ce que tu ferais avec la viande dans ton assiette. Mais la cacher dans la poubelle, je n'y avais pas pensé.

Paule se demande où il place cette idée de la poubelle, dans sa hiérarchie de valeurs : est-ce mieux ou moins fort que les biographies de poulets ?

Ils entrent dans la ferme. Aval saute sur Paule, lui fait toute une fête. Elle ne sait pas pourquoi Fernand a tant tenu à la raccompagner, si ce n'est cette main sur ses collants ; il voulait saluer les poulets, a-t-il dit. Pourtant, en entrant, il ne leur jette qu'un coup d'œil discret. C'est Paule qu'il regarde. Comme un loup. Elle a peur que sa main vienne à nouveau se poser sur elle, alors elle l'entraîne à la cuisine, lui sert un verre de muscat. Dans cette pièce, il y a deux portes pour s'enfuir. Louis devrait appeler maintenant, souhaiter joyeux Noël, lui envoyer une photo de sa table décorée. Est-ce qu'il est avec ses collègues ? Elle pense au poulet dans son assiette, aux miettes dans la poubelle. Les larmes montent sans prévenir.

Fernand relève la tête de Paule. Ses doigts sont froids.

— Tu as réfléchi à ma proposition ? Il faut que l'on s'associe, Paule. Que tu arrêtes de faire le marché, ça te fait du mal. Là où tu es bien, c'est avec tes poulets. Pas quand tu dois les vendre.

Elle aime l'entendre prononcer son prénom. Fernand veut être son partenaire. Les partenaires se doivent de prononcer leurs noms. Peut-être même chaque jour. Pourtant, Paule ne sait pas si elle est prête. Ses poulets ne sont pas des poulets de supermarché. Elle imagine leurs corps entassés dans les rayons froids.

— Je pourrai continuer d'écrire sur eux ?

— Plus que jamais. Il faudra poursuivre l'hommage. Tout ce qui changera, c'est que tu ne seras plus derrière eux pour les vendre. Mais je ne veux pas que tu dises que tu es végétarienne. À personne. Ça pourrait tout faire louper.

— Louis le sait.

— Alors Louis ne doit rien dire. Ni tes amis.

Sa mère avait honte aussi, d'élever une fille comme ça dans une exploitation avicole. Quand on aime les poulets, on aime tout d'eux. La gentillesse qu'on leur donne, ils nous la rendent en sortant du four.

Si elle signait, Fernand romprait son arrangement avec son fournisseur de poulets, elle ne ferait plus le marché. Les poulets seraient vendus vingt euros. Paule resterait propriétaire de la moitié des poulets ou de la moitié de chaque poulet, selon le point de vue. Ils connaîtraient la ville, Louis pourrait rendre visite à leur cadavre dans les supermarchés. Elle dit à Fernand : je dois en parler à quelques personnes autour de moi avant de prendre ma décision.

XVI

Les poulets sont massés sur le canapé, entassés sur le vieux cuir, ils sont plus de cent, juchés les uns sur les autres, les plus malchanceux s'emmêlent, pattes dans l'œil et plumes volantes. Malgré l'inconfort, ils refusent de bouger du meuble. Ceux qui n'ont pas pu y accéder en restent proches, comme dans l'attente qu'une place se libère. Est-ce le moelleux qui les attire ? Ou la position frontale, face à la télévision ? Toujours est-il que le reste du salon est vide. Seul un petit groupe, les irréductibles, ceux qui aiment explorer les coins insoupçonnés du champ, gambade sur le tapis comme s'il s'agissait d'herbe. Aval s'est perché au-dessus du poste, les dominant tous, il caquette à l'envi, demandant sans doute à ses congénères de se calmer, révélant que leur maîtresse a une chose capitale à leur annoncer.

Il faut un temps fou pour qu'ils se tiennent à peu près fixes.

Paule ne sait pas comment formuler la question. La réunion extraordinaire, à l'intérieur de la ferme, lui paraît cruciale. Elle veut laisser aux poulets le choix de leur avenir. Elle aurait pu s'en remettre à Louis, mais son avis est biaisé par l'amour, ou l'habitude. Il choisira toujours de la rapatrier. Les oiseaux, de tout temps, ont été connus pour leur clairvoyance. Il est certain que les poulets comprennent et sauront juger, pour peu qu'elle explique bien. Elle a décidé : si plus de poulets partent par la droite, vers l'entrée de la ferme, elle signera le contrat ; ils rejoindront la ville à leur mort. S'ils se dirigent à gauche, vers l'escalier, ils resteront tous ici, et leurs cadavres continueront à s'empiler au marché.

Paule se lance. Elle leur raconte le dîner de Noël, la proposition de Fernand, le fait qu'il ait cinq doigts et mange du poulet. À chacun de ses mots, Aval hoche la tête, cou ballant, voulant piquer les câbles de la télé ou l'approuvant. Quand son exposé est fini, elle leur demande simplement : « Voulez-vous migrer vers la ville ? »

Les poulets restent immobiles, comme si rien n'avait été prononcé. Paule les supplie de réagir. Mais rien. Ils restent mutiques. Peut-elle vraiment avoir confiance en l'avis de volailles ?

Après de longues secondes, Aval saute enfin du poste, se dirige d'un pas leste à droite, vers la porte d'entrée. Le soleil cogne. Les irréductibles du tapis lui emboîtent le pas et la pyramide animale du canapé se défait, ceux au sommet bondissent, manquant de se casser la patte, et c'est la cohue, ils veulent tous partir en même temps, comme si leur émission venait de se terminer.

L'intégralité du troupeau, à l'exception de deux bêtes, prend la porte de droite.

Ceux qui restent à gauche, Cassandre et Rodrigue, refusent de bouger. Ils se sont terrés en boules compactes sous l'escalier et n'en partent plus, nichant là, même quand Paule leur explique que le vote est terminé.

Paule signe le contrat sans rien modifier. Fernand est heureux. Quand il vient à la ferme pour récupérer les pages, il s'assoit lui aussi dans le canapé, et Paule ne peut s'empêcher de voir ça comme un nouveau présage. Il part en emportant dix poulets emballés, avec des étiquettes dont Paule est fière.

— Ce seront les premiers à connaître la ville !

BLUETTE

Les plumes bleues, tu les avais chipées ? Personne dans l'élevage n'en portait. On a retracé ta génétique, le bleu n'était pas inscrit dedans. Tu avais fait pousser tes plumes à l'ombre, cachées, et les autres n'osaient pas les toucher. Étaient-ils jaloux ? Sans doute. Toujours est-il qu'un jour ils se sont mis ensemble, tous, pour te les arracher.

MARENGO

Marengo se baignait dans la boue. On en oubliait la belle couleur noire de son plumage, le soyeux de ses plumes. Les autres y voyaient la marque d'une saleté, lui n'était que coquet. La boue, c'est si doux, ça parfume. Et puis ça camoufle.

LOUETTE

Louette aimait s'habiller de brins d'herbe et de matières trouvées sur le sol. Elle s'enfouissait sous les pulls, les pure laine seulement, comme pour se préparer à l'obscurité des fins de vie.

XVII

Paule écrit : Gustave vivait dans les hortensias, il s'en parfumait dès le matin. Est-ce que les citadins connaissent l'odeur des hortensias ? Elle efface. Au marché elle pouvait expliquer, compléter les biographies, montrer des photos. Ça fonctionnait bien. Pour les citadins, il faut être plus précis, donner à voir la vie de poulets de plein air avec des images facilement accessibles. Elle pense ses biographies. Elle pourrait écrire des sagas d'un mois sur l'autre. Ce serait l'histoire de deux amoureux, deux inséparables : Alice et Olivier, poussins ensemble, nés de deux mères différentes bien sûr, qui auraient eu un coup de foudre dans le champ et seraient morts le même jour, comme dans un sacrifice commun. Émilie (c'est le prénom qu'elle attribue à la mère de famille type) détiendrait la biographie d'Alice et chercherait dans tout le supermarché, se levant chaque jour aux aurores, la biographie d'Olivier pour les réunir, enterrer ensemble leurs entrailles. Elle souffrirait beaucoup de ne jamais retrouver Olivier, elle en serait malade. Elle-même aurait perdu son mari quelques mois plus tôt, et son échec la rappellerait chaque jour à la douleur de la mort.

Les poulets vont retourner en ville avant elle. Ils côtoieront Louis, feront la passerelle entre eux. Il est grand temps de faire un geste vers lui. Elle lui écrit : « Il y a quelque chose que je ne te dis pas », et Louis la rappelle immédiatement. Il ne pense pas à un succès. Louis est un pessimiste, quand il voit un bâtiment, il faut qu'il envisage son effondrement. Il imagine une nouvelle attaque. Paule se figure l'espace autour de lui, le portable collé contre l'oreille, blotti sur leur canapé. Elle lui dit : demain, rends-toi au rayon frais du supermarché de Saint-Jacques. Il y aura quelque chose pour toi.

XVIII

Chaque jour une camionnette vient recueillir la viande nommée, le chauffeur n'est jamais le même mais il conduit toujours trop durement pour les routes courbées du pays. Les poulets emballés se heurtent, s'enlacent dans les courbes. Aval et Paule les regardent partir, scrutant longtemps la route de la ville. Fernand n'a plus le temps de venir à la ferme, mais il prend soin d'appeler chaque jour sa nouvelle associée. Ses coups de fil commencent toujours par les mêmes mots : « Comment vas-tu, compère ? », et invariablement Paule lui répond d'un petit rire : « Très bien », avant de lui raconter des anecdotes de poulets qui le régalent. Leur duo ne craint pas la répétition.

Et dans le chargement, parmi les vingt poulets quotidiens qui partent vers la ville, il y en a toujours un destiné à Louis. Les emballages sous vide deviennent des missives passionnées. Elle les dédie en secret à son amant, inscrivant sur le cadavre des mots de tendresse, des mots de manque que lui seul peut comprendre. À chaque biographie qu'elle écrit à son intention, son amour revient. Elle se souvient, à travers l'écriture, de ce qu'elle aime chez lui : les soupes qu'il prépare lorsqu'elle est malade, la capacité qu'ont ses yeux à s'embuer à chaque coup d'émotion, sa voix chaque fois différente lorsqu'il prend un appel, son odeur, invariable. Elle espère que ces choses-là n'ont pas changé, que lors de leur prochaine nuit, elle pourra se dire : quelle chance j'ai d'être revenue près d'un homme dont le parfum m'attire autant.

Elle fait en sorte que le jeu des biographies amoureuses soit caché aux yeux des autres, même à Fernand. En découvrant les anagrammes, ça a été une révélation, elle peut jouer à l'infini des lettres. Les voyelles réunies de leurs prénoms créent des mots : épouilla, ouailles, piaules, poilues. Louis trouve toujours quel poulet lui était destiné, même quand Paule se dit qu'elle est allée trop loin, que cette fois son message ne lui parviendra pas. Chaque jour, Paule attend son coup de fil avec impatience et frisson : est-ce que Louis aura deviné aujourd'hui ? À treize heures, il lui envoie une photo de l'étiquette, et c'est toujours la bonne, et elle sait que leur amour est réel.

Le 3 février, l'enjeu redouble. C'est un poulet d'anniversaire qu'elle doit lui offrir. Il aurait préféré sa présence, bien sûr, et tout poulet sera toujours signe de l'absence, alors dans le champ, elle guette le plus beau, le plus tonique de ses animaux. Il faudrait lui offrir Aval, mais elle ne peut pas. Leurs caractères sont trop proches, ce serait comme lui donner son double à manger. Même à Louis, elle ne le sacrifiera pas. Alors elle tue Cassandre, ce qui est très bien aussi, et compose une biographie romantique. « Cassandre était un poulet affable et content du futur. Parfois, tôt le matin, elle pépiait pendant de longues minutes depuis le sommet de son perchoir dans l'attente du soleil qui voudrait bien se lever. Ses camarades dormaient encore, mais Cassandre s'en moquait : tout ce qu'elle voulait, c'était disperser son allégresse, quelle que soit l'heure, dire son espoir de voir un jour l'amour revenir dans sa vie. Cassandre croyait aux signes et pensait que le jour de son anniversaire, dont elle ignorait la date, lui apporterait l'amour. Elle n'eut pas tort. Ce jour-là un poulet magnifique, grand bâtisseur de nids, entra dans le champ. Ils s'enlacèrent en un tendre baiser cloacal, leurs plumes se mêlant dans une avalanche de couleurs, leurs souffles mélangés jusqu'à la tombée de la nuit. »

Tout s'écoule en un long flux ininterrompu. L'urbain raffole des poulets biographiés. En ville, il est rare que les aliments soient connus personnellement. C'est le produit parfait : ludique, bon, unique. Et surtout, authentique. Chaque consommateur a sa volaille nommée. Apparemment, ils rient tous et en redemandent. Paule aimerait placarder ses chiffres de vente sur les murs de sa ville, les exposer à Nicolas et à l'oncle. Fernand parle de demande croissante, plus croissante qu'elle ne l'a jamais été :

— On ne peut pas se contenter de quelques poulets, c'est cruel pour ceux qui n'en ont pas. Tu as déjà été face à quelque chose que tu voulais vraiment, mais *vraiment* et on te dit : « on vient de vendre le dernier » ? C'est le pire sentiment de la terre. Pire encore si c'est ton enfant qui te le demande et que tu dois lui dire : « non, il n'y en a plus, un autre jour peut-être ». Il y a eu des crises dans les supermarchés, tu sais. Les parents ne savaient plus quoi faire.

Fernand fait en sorte de livrer des bêtes tous les dix jours, pour que l'élevage ne s'épuise pas. Lorsque arrivent les poulets, il faut recommencer toute l'éducation. Paule a toujours quelques mots pour les nouveaux. Elle veut bien les accueillir, ces poulets tout frais, à peine sortis de l'œuf et mal dégrossis. Qu'ils se sentent chez eux. Au début, Fernand prenait soin de n'amener que des Crèvecœur. Maintenant, la région est en rupture de stock. Les Crèvecœur sont une race d'exception, surtout ici. Il a bien fallu se diversifier, ils ont convenu de prendre des poules Soies. La chair des deux espèces est proche, les consommateurs n'y verront que du feu.

Pour connaître un poulet, combien de temps faut-il ? Par connaître, Paule entend repérer un trait de caractère, que l'on ne pourrait pas appliquer au groupe dans son ensemble. Pour Chick, elle a passé plus de dix heures à l'observer sans trouver d'inspiration, et puis ça s'est débloqué. Pour Gervaise, c'était facile, une heure et l'histoire s'écrivait d'elle-même. La moindre particularité physique ouvre une brèche dans l'écriture. On peut broder longtemps sur une patte en moins, alors que sur un poulet type, il faut trouver un angle. Les interactions entre volatiles sont fines et difficiles à saisir. Il faut s'approcher, interpréter, et comme au sudoku, connaître le caractère d'un poulet aide à comprendre ceux qui interfèrent avec lui. Cinq heures au moins, réparties sur cinq jours, sont nécessaires, s'il fallait faire une moyenne. Ce ne sont que quelques lignes, mais elles doivent porter une mémoire. Or, on lui demande de produire environ trente poulets par jour. Les chiffres ne peuvent s'accorder. Fernand écoute Paule débiter ces complaintes. Il lui promet de comprendre. Il jure : bientôt, ils trouveront une solution.

XIX

Poum.

La vitre vibre quelques secondes encore, puis le calme revient.

C'est l'aube, la lumière est faible. Paule fixe la fenêtre, elle se dit qu'elle a rêvé l'impact, qu'un cauchemar l'a réveillée. Elle sait qu'elle ne se rendormira pas : elle allume sa lampe de chevet. À ses côtés Aval picore sans bruit, des coups de bec clouant le drap bleu autour du corps de Paule. Ça laisse des accrocs dans la toile.

Poum.

Le bruit revient frapper. La maison tremble tout entière. Cette fois Paule voit un poulet sans tête percuter la vitre, le sang couler. Poum. Les impacts recommencent, à rythme variable, comme le battement intermittent d'un tambour avant la guerre : des corps de poulets décapités viennent se heurter, violemment ; tout un troupeau de cadavres à l'attaque de la maison. L'un d'eux, plus gras que les autres, finit par cogner la vitre qui se craquelle tout à fait puis explose sous le choc.

De minuscules bris de verre sont projetés dans la pièce, jusqu'au lit de Paule.

Aval ne pique plus du tout. Il s'est réfugié dans les draps, tétanisé. Paule fixe les débris sur le sol et le cadavre qui est entré. Elle pense à la carabine, il faudrait aller la chercher dans le salon, mais au lieu de ça, elle attend dans son lit. Elle attend le nouvel impact, le nouveau projectile animal qui viendra frapper ce qui reste de sa fenêtre, qui atterrira peut-être sur elle, viendra salir ses draps.

Elle crie : « Arrêtez », et un nouveau poulet vient s'écraser sur le sol de la chambre. Elle entend un rire aigu qu'elle ne reconnaît pas. Et puis des pas, un moteur qui démarre.

Il lui faut un moment pour se ressaisir. Elle descend les marches, passe les portes, et dehors le sol a gelé, à chaque pas la glace lui lèche les talons. Elle traverse la cour qui la sépare du poulailler. Des oiseaux perchés dans les platanes chantent une mélopée. D'habitude, on ne peut pas les entendre, les caquètements recouvrent la plupart des sons animaux. Ces oiseaux-là sont noirs au bec crochu, ils pourraient être un mauvais présage avec leur chant triste.

Dans le poulailler, Paule se courbe, regarde dans les coins, soulève la paille et se met à crier « Poulets », car tout à coup elle a oublié les prénoms. Ceux des biographies lui reviennent, mais rien ne sert d'appeler les morts.

Personne ne répond. Ses poulets ont disparu, emportés, tous, sauf treize, tapis au fond du poulailler. La route est envahie d'empreintes de pneus.

Une honte immense la prend. Elle enroule ses bras autour d'elle-même en une étreinte, comme si Louis pouvait être là. Elle pense au coup de poing de Nicolas et aux poulets morts dans le champ. Au marché et aux regards de haine. À la cérémonie ratée de sa mère et à l'oncle. Elle s'intime : « Cesse donc d'avoir peur, Paule », et elle saisit le téléphone.

Au village, tout le monde semble s'être amusé à disparaître. Paule s'installe au bar, choisit la table la plus proche de la fenêtre. Les poulets pourraient traverser au passage piéton, se poser en face d'elle et s'excuser pour leur fugue. Ils lui diraient qu'ils ont eu envie de prendre l'air et commanderaient un whisky.

Nicolas s'assoit à ses côtés sur la banquette. Il ne la regarde pas.

— C'est parti ?

Il désigne son œil.

— Ça a mis du temps.

Le silence est couvert par le bruit de la télévision diffusant le match de deux équipes étrangères. Paule se retourne vers l'écran et regarde vaguement la balle circuler d'un joueur à l'autre. Elle ne sait pas comment amener les choses.

— Je ne m'excuserai pas, lâche finalement Nicolas.

— Ce n'est pas pour ça que je t'ai fait venir. On tue mes poulets, et là on en fait des projectiles pour les lancer sur ma fenêtre. Les autres ont disparu. Je veux que tu me les rendes.

Il semble à Paule que Nicolas sourit vaguement.

— Qu'est-ce que tu veux que j'y fasse ? Tu pourrais mieux les garder.

— Est-ce que c'est toi ?

— Non. Ce n'est pas quelqu'un du coin. Personne ne veut de tes bêtes.

Il attend un peu avant de finir sa phrase.

— Elles sont sales. Ici tout le monde le sait. On ne s'approchera pas de chez toi. Même pas pour tuer tes poulets.

Paule pense avoir de la fièvre. Elle couve quelque chose. Elle se lève, et, tandis qu'elle traverse la rue pour revenir à la ferme, la pluie, dense et drue, lui tombe dessus.

XX

Fernand enlève ses chaussures dans l'entrée, ouvre le frigo. Il regarde autour de lui, à droite puis à gauche, surpris du calme de la ferme sans animaux. Lorsqu'ils se font la bise, Paule ne parvient pas à le regarder dans les yeux. Il pose sa main sur son épaule.

— Comment tu vas ?

Elle se sert une bière. Elle n'a pas dormi, elle entendait encore le son de poulets tapant contre ses fenêtres. Les bruits fantômes contaminent son sommeil ici, ce n'est pas la première fois. La nuit elle s'est mise à rêver que sa mère lui jetait des cadavres sur la figure, qu'elle pissait le sang des bêtes.

Les poulets survivants sont entrés dans la maison et se courent après. Ils les observent un instant en silence.

— Je sais que la période est difficile Paule, je venais surtout en ami. Te dire de ne pas t'inquiéter.

Fernand lui tend le gâteau, chocolat et farine

de sarrasin, cuisiné pour elle, un flanc est affaissé, ça renforce son côté *fait maison*. Il se laisse tomber sur une chaise, sans quitter Paule du regard. Elle dit :

— D'accord.

— Je ne sais pas où tu en es, de tout ça.

— Moi non plus.

Aval se rapproche de sa maîtresse. Depuis l'incident, il court toujours tête baissée vers la gauche. Son état psychique est préoccupant. Paule lave le couteau, le même qui a servi à découper la tarte à la cerise de l'oncle. Tout à coup, elle se sent très lasse, et très seule aussi. Ça lui vient comme ça :

— Je voulais te proposer quelque chose, mais je ne sais pas si c'est le moment.

Le dernier mot reste en suspens. Paule dépose le couteau devant Fernand.

— Quoi ?

— Je pensais te proposer d'emménager en ville, avec mes poulets. De les délocaliser.

Derrière la barbe de Fernand, on devine sa joie. Paule poursuit.

— On leur ferait une ferme, une ferme dans un immeuble, ou une grande maison de ville, il y en a des pas si chères. Avec un grand champ, on aurait nos bureaux à côté. Je pourrais rentrer chez moi, avec Louis, le soir. Je n'aurais plus peur. Là-bas, on pourrait leur apporter plein de jeux. Louis saurait faire ça, construire un abri aux poulets.

Fernand sourit.

— Alors, il faudrait augmenter les stocks.

— Augmenter comment ?

— On pourrait abriter dix mille poulets. Huit mille de chair, deux mille pondeuses. Si on embauchait d'autres scénaristes…

Paule se dit : dix mille poulets qui seront heureux, dix mille poulets à moi.

Pour travailler avec elle, elle aurait choisi des gens qui lui ressemblent. Ils se réuniraient devant l'urne de sa mère pour discuter des stratégies à adopter pour les biographies : « Ce mois-ci nous devrions tester un registre plus comique, nous avons de la matière : Fidel a fait une chute burlesque du toboggan ! Et hier, cette partie de cache-cache avec les poulets, nous devons la retranscrire sur des biographies croisées ! » Elle pense à l'oncle, il dirait : « Encore un truc contre nature, Paule. Tu utilises ton passé pour faire n'importe quoi. » Elle se sert un morceau de gâteau au chocolat.

Est-ce qu'elle pourrait continuer à tuer les poulets elle-même en ville ?

Fernand reprend.

— Je vais vraiment réfléchir à tout ça. Ça peut résoudre tous nos problèmes d'un coup. En attendant, je vais t'envoyer de nouveaux poulets.

Il se lève, et les mots sortent de lui en un flux qu'il ne semble pas tout à fait maîtriser.

— Soyons sérieux, ça part de pas grand-chose tout ça. D'une bonne idée, un peu saugrenue, mais c'est un *insight*, un vrai. Présenter le poulet différemment, on ne l'avait pas fait depuis le bio. Et encore, le bio est un combat, pas quelque chose de positif, du genre vous avez peur des pesticides ? Achetez bio, ce sera mieux pour votre corps. Il y a eu de petites transformations, mais rien d'envergure, toutes les agricultures sont des marchés conservateurs. Les autres vont réagir, il faut qu'on y aille avec du haut de gamme. Avec ton idée, on peut se permettre des infrastructures nouvelles, et que tout ça tourne sans nuire au poulet. Au contraire, on leur apporte une vie nouvelle, à eux aussi. Tu te sens les épaules ? Cet endroit, à part t'avoir fait naître, il n'apporte rien de bon.

XXI

Il est peut-être vraiment possible de tout réconcilier. Fernand dit que c'est évident qu'il y a là une mission d'intérêt public. La torpeur s'éloigne de Paule : elle serre Aval fort pour fêter ça, et Aval la becquette pour lui rendre son affection. Ils vont se créer un nid douillet, et Louis, elle le veut, en sera l'architecte. Il construira pour elle et ses poulets le nouveau temple de la biographie.

Il faut encore arriver à faire sa demande. Paule ne sait comment s'y prendre. Faut-il aller à la ville, s'agenouiller, lui présenter les poulets ? Dîner avec Aval, tous les trois, et traduire pour Louis les piaillements ? L'inviter ici pour un week-end ? Elle a le trac, comme le jour où il est venu pour la première fois à la ferme. Il portait un costume. Pour rencontrer la mère, il avait voulu faire un effort. Paule n'était pas arrivée à le prévenir. Il avait même pris un bouquet. Elle le revoit encore, s'avançant dans le champ plein de pâquerettes au printemps, avec son minuscule bouquet en main, la mère, sale, et lui, ses chaussures neuves, s'enfonçant dans la boue.

Non. Pour cette proposition-là, il faut ouvrir un canal de communication vierge. Elle installe Skype sur son vieux téléphone. Cherche le nom complet de Louis, le nom auquel elle ne pense jamais : Louis Becher. Il apparaît en une photo de lui qu'elle ne connaissait pas, ancienne, où il est rasé de près. Une émoticône verte est allumée à côté de son profil. Elle clique sur lui deux fois, comme un assentiment. Louis décroche, aussi vite que lors de leurs appels.

Leurs têtes se retrouvent côte à côte dans l'espace du téléphone. Paule en a les larmes aux yeux. Louis a les cheveux courts, de larges pixels le composent étrangement, sans qu'il soit possible de dire si son portrait est entier ou s'il lui manque des morceaux.

— Après huit mois au Pays des poules, je te vois enfin.

Il l'ausculte à travers l'image fragmentée. Leurs corps se morcellent quand les voix sont trop fortes. Le moment de leurs retrouvailles numériques pourrait durer mais Paule ne pense qu'au retour. Elle lui dit :

— Je vais revenir à la ville. Si tu es d'accord, j'aimerais rentrer vivre avec toi, dans notre appartement. Les poulets aussi vont déménager près de nous. Il leur faudrait un nouvel abri.

La ligne grésille, le silence s'installe. Un instant, Paule craint que Louis ne raccroche.

— Tu veux construire un poulailler dans l'appartement ?

— Non, pas dans l'appartement. Il faudra construire une ferme géante dans la ville. Pour dix mille poulets. La première ferme urbaine. J'ai pensé que seul un architecte comme toi, avec une fiancée comme moi, pourrait savoir faire ça.

— Et toi, tu rentrerais vivre avec moi ?

Paule hoche la tête, timide soudain.

— Si tu le veux. Et pour la ferme, je te ferai rencontrer quelqu'un. C'est l'investisseur. Ce serait beau, de construire ce projet ensemble.

Les pixels autour de la bouche de Louis s'agrandissent. Paule interprète cela comme un sourire. Bien sûr qu'il accepte. Il s'inquiète seulement de ne pas connaître suffisamment les poulets pour leur créer des abris adaptés, mais Paule le rassure (c'est sans doute la première fois qu'elle joue ce rôle), elle le guidera.

XXII

« Entreprise novatrice dans l'élevage et la commercialisation des poulets cherche scénaristes de vies de poulets. Compétences d'écriture et commerciales exigées. »

Paule s'interroge sur le terme « commerciales ». Fernand lui assure que cela n'engage à rien, mais ils ont besoin, malgré tout, de scénaristes qui ne partiront pas dans des délires éloignés des demandes de la clientèle.

Pour assurer leur succès il faut être prudent, ne pas trop embaucher. Cependant il y a des postes clés dont on ne peut pas se passer : une secrétaire, des agents commerciaux, un comptable et une personne en charge de la communication. Un gros coup est possible. Il faut y aller, et vite. Fernand n'a pas peur de parler d'argent, Paule aime l'entendre réciter des chiffres. Ça l'apaise, comme une langue étrangère et bienveillante.

Louis aussi a son langage. Elle dessine pour

lui les poulaillers dont elle rêve, lui parle des habitudes de ses bêtes et il écoute attentivement pour traduire ces mots en lieux de vie. Il lui demande : « Mais de quoi rêvent les poulets, au fond ? », et Paule doit avouer qu'elle ne saurait trouver une réponse simple à cette question. C'est son travail à lui de deviner. C'est comme ça qu'il pourra créer le bâtiment le plus cohérent possible. Alors Louis lit tout sur les poulets. Il les regarde vivre à travers des vidéos et note leurs faits et gestes. En observant que la plupart des poulets tente de voler, Louis croque des toboggans qui se terminent en queue de poisson. Ensemble, et le téléphone n'a jamais autant sonné, Paule et Louis choisissent sur catalogue les attractions phares de la future résidence : une piscine gonflable, un écran de télévision panoramique, des miroirs, un parcours du combattant (un poulet habitué peut sillonner des distances incroyables en ouvrant et fermant des portes, actionnant même interrupteurs et loquets). De l'herbe au sol, avec la possibilité de creuser dans la terre, c'est capital. Elle aimerait leur construire des maisons œufs, comme un temple en leur honneur. Avec sa mère, elles étaient parties en vacances en Espagne pour un enterrement. Qui on enterrait, elle ne se souvient pas, mais la mère était gaie, ça devait être quelqu'un de la famille. Elle répétait : « C'est fini, il faut fêter ça. » La mère ne voulait pas rentrer à la ferme tout de suite, elle avait conduit jusqu'à un village tout blanc, sur la côte rocheuse, jusqu'à une grande maison. Le guide avait notifié – en catalan, et Paule avait été étonnée de comprendre – que c'était la maison de Dalí. Sur le toit et les fenêtres, des œufs géants semblaient avoir été pondus par les nuages, et la mère riait à leur vue. Elle disait : « Ce ne sont pas nos poulets qui seraient capables de ça ! » Paule imaginait Dalí un chapelet d'œufs dans le ventre.

Ce qu'ils s'apprêtent à créer, ce sont des poulets d'un genre nouveau – des poulets citadins –, et qui sait comment cette mutation se manifestera. Paule ne veut pas les bousculer. Ils ont une organisation invisible à l'œil non averti, en troubler l'ordre peut créer de dangereux déséquilibres. Les poulets peuvent être d'une cruauté impitoyable. Une poule blessée, toute la basse-cour vient la picorer. C'est une question de hiérarchie, les poulets savent, en fonction de leur physique, de leur plumage, ce qu'ils peuvent se permettre. L'ordre social du groupe peut vite être remis en question. À la ferme, Hector domine. Ce n'est pas le plus grand, le plus fort, mais c'est l'un des plus opportunistes. Ses semblables s'en remettent à lui : ils ont confiance. Alors Hector mange et boit avant les autres, chasse les subalternes des perchoirs quand il lui prend de s'y installer. Quelques coups de bec et tout reste en ordre. Lorsque cela ne suffit pas, il a recours à de faux combats d'intimidation, comme le font les coqs.

Dans ce nouvel espace, le sort d'Hector, et

qui plus est des autres, est incertain. Ils seront normalement plus débrouillards que les nouveaux (avoir vécu à la campagne les aide en ce sens), mais le passage d'un poulailler familial à une exploitation de plus de dix mille volailles les intimidera peut-être. S'ils ne réussissent pas ce passage crucial d'un lieu à l'autre, ils seront envahis de nostalgie et se laisseront mourir.

XXIII

Un jour, Fernand annonce : « C'est bon, on a eu toutes les autorisations. »

Paule prend le temps d'expliquer à chaque poulet ce qui les attend, qu'ils n'aient pas le trac. Là-bas ils devront bien se comporter. Faire ce que l'on attend d'eux. Elle leur dit : « Notre famille va s'agrandir. »

Il n'y a pas de rebuffade.

De la ferme, elle n'emporte rien d'autre que l'urne et la carabine. Pour la carabine, elle a hésité, c'est un objet qui n'a rien d'urbain. C'est aussi le seul qui ravive en elle le souvenir de sa mère. Alors elle la fourre dans un sac, emballée dans des torchons de cuisine.

Fernand vient l'aider à accomplir la transition. Il a dit qu'il voulait être là lorsque Paule fermerait à clé. C'est lui qui mène l'urne à la voiture, la dépose délicatement sous le siège avant. Paule est émue de le voir porter ce qui reste de sa mère. Il pose la main sur son épaule et appuie sur le muscle en une légère pression.

— J'aimerais faire une photo souvenir de vous tous. Une photo de famille.

Paule n'en a jamais eu. Avec sa mère, elles s'étaient persuadées qu'elles n'étaient pas assez nombreuses pour ça. Il fallait bien quelqu'un pour prendre la photo, et dans ce cas il ne restait qu'une personne devant l'objectif.

Fernand décide du cadre : ce sera devant le poulailler. Ils mettront la maison de poupée au centre, Paule devant, Aval dans ses bras. Derrière, tous les autres poulets. Fernand trace avec du grain une ligne invisible pour que les volatiles restent en place. La lumière est belle, le soleil va bientôt se coucher. Fernand se recule à quelques mètres d'eux pour bien les capturer tous ensemble, appuie sur le déclencheur, peste et se replace, demande à Paule de sourire, aux poulets de le regarder droit, mais personne n'obéit. La photo est prise plusieurs fois, jusqu'à ce que chaque plume soit nette.

Pour limiter le stress des animaux, le ramassage se fait de nuit. Une entreprise spécialisée a été missionnée. Le chargement est effectué dans la demi-pénombre – lumière bleutée inférieure à 15 lux – pour faciliter la saisie des volatiles très sensibles à l'intensité lumineuse. Exposés brutalement à la lumière extérieure, les poulets pourraient avoir des réactions de panique, risquer de s'étouffer.

Quatre hommes s'occupent du chargement

du camion, ils appellent ça la cueillette. Ils attrapent les poulets par une patte pour constituer des grappes de trois dans chaque main (leurs mains sont grandes et puissantes). Ils expliquent qu'avec les canards, c'est différent, ils les saisissent par la base de l'aile ou par le cou, mais jamais par les pattes dont les griffes coupent comme des lames de rasoir. Puis ils les mettent en cage.

Chaque nuit, le travail de ces hommes est le même. Dans des exploitations plus massives, ils peuvent embarquer des milliers de volailles en un temps record. Les cadences moyennes s'établissent, pour une équipe de dix personnes, à six mille cinq cents poulets, quatre mille pintades ou deux mille dindes par heure.

Paule referme la porte d'entrée. Elle ne regarde pas en arrière, monte dans la Mercedes. Ça ressemble à un départ en voyage, la même joie sourde l'envahit. Une mission les attend. Aval reste statique à l'arrière, enfermé dans une grande cage tenue par la ceinture de sécurité. Paule lui dit : « C'est une vie nouvelle qui commence, soyons fiers. » Par le rétroviseur, elle l'observe, comme un enfant à surveiller. Et lui reste sage, le regard fixé sur le chemin.

I

Paule dépose la carabine et l'urne sous le lit, s'allonge. Le voyage n'a pas été long mais il lui a pris une énergie considérable. Elle s'est extirpée de la ferme. Ses poulets aussi ont dû arriver dans le grand bâtiment qui leur est réservé. Peut-être sont-ils conscients de la promotion qu'ils viennent d'obtenir. Elle les imagine arpenter avec fierté leur champ de plastique, s'accoutumer au confort des intérieurs modernes. Fernand, peut-être, leur aura réservé un discours d'accueil. Elle les verra bientôt.

Autour d'elle, le décor de l'appartement semble familier sans qu'elle s'y trouve parfaitement à l'aise. Ses vêtements et bibelots sont en évidence, disposés sur les étagères de métal aux côtés de livres sur les constructions avicoles, comme si Louis avait voulu lui signifier qu'elle n'avait pas été oubliée. L'urbain est plus fidèle que le villageois. Sur le frigo, les quinze biographies qu'elle a écrites pour lui sont tenues par des aimants animaux et s'affichent dans un ordre arbitraire.

Les draps sentent Louis. Il rentrera bientôt. Le nez plongé dans son coussin, le manque revient d'un coup, la frappant comme une serpette. Pour éviter de pleurer, Paule lèche longuement le tissu, y dépose un filet de salive incolore pour marquer son territoire.

La rue est calme. Les voisins sont contenus par le double vitrage. Seul Aval babille doucement dans sa boîte. Paule se dit que le voyage l'a sans doute fatigué lui aussi. Alors elle le libère et il s'élance sur la moquette rouge. C'est son premier déménagement ; il tire violemment les fils qui ne cèdent pas. Son bec s'acharne et Paule lui demande de se calmer. Sa fougue va mal à l'appartement. Le synthétique n'est pas bon pour les poulets. Elle n'avait pas pensé à la moquette. Maintenant c'est évident, la moquette n'est qu'une modernisation du gazon. Elle aurait dû prévenir Louis qu'elle ne rentrait pas seule. C'était censé être une surprise, mais un poulet n'est pas un chien.

Aval fait le tour de l'appartement, caquette fort. Les voisins pourraient entendre. Paule caresse son dos mais ça ne sert à rien, il panique et, du bec, pique le bout de son doigt. Elle lui chuchote tout bas, près de ses oreillons : ici il n'y a pas d'herbe, mais tu auras bientôt des jeux et du grain. Il faut bien qu'il comprenne : c'est une progression sociale, de devenir un poulet d'appartement. Ils devraient célébrer cela ensemble. Mais les cris d'Aval redoublent.

Paule ouvre la fenêtre.

L'air est moins frais qu'à la ferme. De l'autre côté de la chaussée, des fenêtres identiques la regardent. Certains voisins ont déjà dû acheter ses poulets sous vide. Peut-être les a-t-elle convertis au bien-être animal, à la pensée de la viande. Ses poumons s'emplissent de fierté. La proximité des consommateurs la rassure.

En bas, il n'y a pas de passage, pas de paysage. Penchée, elle a le vertige.

Paule saisit Aval, tend les bras au-dehors, fait planer l'animal sur le vide. Il la regarde sans comprendre, ses ailes se mettent à battre, à battre l'air. Si elle le lâchait, il aurait beau les agiter, ce serait vain ; les poulets sont trop lourds, ils ne peuvent pas voler. Aval s'écraserait de tout son poids sur le trottoir, son corps rebondirait discrètement sur une tache de chewing-gum. Il faudrait qu'elle aille ramasser. Qui croirait à un suicide de poulet ?

II

Dans les films Bollywood de sa mère, les retrouvailles constituent de grands moments d'intensité. La caméra mime un cœur battant trop fort, approche, recule, approche à nouveau des personnages. Les couleurs se font soudain plus vives ; ils ont attendu ce moment toute leur vie, leurs mains se touchent et leurs sens explosent ; ils s'embrassent.

À dix-neuf heures, Louis passe la porte de l'appartement et pose les clés sur la table. Paule a le trac des amoureuses. Ses membres tremblent. Elle l'admire de loin, le saisit un instant comme dans un inventaire. Ses rides, l'ivoire de ses dents, ses grands yeux bruns et sa fossette au menton sont là, comme au jour du départ.

Leurs corps restent ainsi en tension pendant de longues secondes, jusqu'à ce que Louis se jette finalement sur Paule, la caresse de ses deux fois quatre doigts. Sa tête s'incline, le nez sur son cou : il la sent. Il répète trois fois « Bonjour », plus fort chaque fois, acte qu'ils sont bien là ensemble, que ce n'est plus du combiné que leurs voix sortent, mais de leurs corps pressés l'un contre l'autre. Elle suit sa fougue, l'embrasse, leurs salives se mélangent et c'est une joie de retrouver les fluides. Aval est contenu dans le placard. Paule craint qu'il ne piaille et se trahisse, alors elle renouvelle son baiser. Elle n'est pas prête encore à parler de leur poulet domestique. Il faut communiquer, dire quelque chose, n'importe quoi.

— Tu as repeint.

Louis se contente de sourire, comme sous le coup d'un compliment. Il la serre plus fort. Est-ce qu'elle empeste la poule ?

— Et si on allait manger dehors ? Il n'y a rien ici.

Il n'ose pas dire « à la maison ». Elle acquiesce : allons manger dehors, j'ai envie de revoir la ville. C'est elle qui ferme l'appartement, et la serrure résiste un peu.

Au-dessus d'eux planent de faux lustres de cristal aux couleurs vives. Le restaurant italien ne lui évoque rien. Louis insiste : tu ne te souviens pas de ce tableau ?

C'est un paysage sans animaux, vert et vallonné qui lui rappelle la ferme, la ferme seulement, mais ce n'est pas la bonne réponse. Le retour aux origines lui a comme coupé la mémoire. Paule aimerait raconter à Louis ce qui s'est passé pendant tous ces mois, mais elle n'arrive pas à trouver les mots. Il a lu des biographies, il sait. La peau de Louis est douce, elle prend du plaisir à caresser sa paume ouverte. Louis est un vrai citadin incapable de nommer les arbres et les animaux. Ce qui lui est étranger il dit que c'est beau, que c'est drôle. Pour lui, les poulets sont théoriques.

Louis insiste. Elle ne peut pas avoir oublié le restaurant, le tableau. La dernière fois, ils ont ri de son aspect carte postale. Ils sont même allés dans ce paysage, la campagne florentine. C'était au début de leur histoire. Ils avaient dormi face à une grande croix dans un couvent et s'étaient pris en photo devant des fontaines. Louis ne l'a jamais avoué, ce n'était pas qu'un voyage romantique, il voulait repérer les lieux pour l'implantation d'un bâtiment. Paule secoue la tête : vraiment, ça ne lui dit rien. Louis en ressent une peine inédite. Il pense : elle m'a échappé pour de bon. Il a sous-estimé le poids des racines dans la construction de Paule. Il aurait dû se libérer, venir à la cérémonie et transformer la ferme en maison de campagne, la louer aux touristes. Demain, Paule découvrira le bâtiment qu'il lui a construit, à elle autant qu'aux poulets. Il y a mis un amour inédit, sa femme ne badine pas avec les animaux. Elle voulait une ferme comme un monument, elle l'a eu. Il aurait aimé l'y amener comme premier rendez-vous, pique-niquer au milieu du champ, mais Fernand n'a pas voulu. Ce Fernand ne lui dit rien. S'il n'était pas si laid, il se serait méfié. Les doigts de Paule tapent sur la table et créent de drôles de bruits. Il faudrait dire quelque chose, mais l'émotion bloque la langue de Louis. Dans son téléphone, il y a des photos des derniers mois prises pour elle : des rayons de lumière qui frappent leur lit à midi et d'autres événements tout aussi ténus. Il a supprimé certains clichés qui auraient pu la blesser. Tout ce qui a occupé le manque n'est pas bon à savoir. Le serveur ne vient pas.

— Tu as dispersé les cendres ?

— Non, je les ai avec moi. Elles sont sous le lit.

Ils vont dormir au-dessus d'une morte. Louis n'est pas sûr d'aimer l'idée. Il n'est pas superstitieux, mais la mère ne leur a jamais apporté beaucoup de bonheur. Il aimerait que Paule lui explique ce choix, mais elle n'enchaîne pas. Charge à lui de persévérer dans les mots. Il ne faut pas répéter ce qui s'est dit par téléphone. Ne pas parler de leur travail commun. Il a envie d'être sentimental.

— Je me suis senti comme Pénélope à t'attendre.

— Qu'est-ce que tu m'as tissé ?

— Une draperie garnie de poulets.

Paule rit, elle dévoile ses dents écartées. Louis rit avec elle.

— Comment ils vont, tes animaux ?

— Je les revois demain, ils sont bien arrivés dans la nouvelle ferme. Il n'y a pas eu d'accident.

Elle s'interrompt, mais ses joues sont gonflées, elle n'a pas fini sa phrase.

— Il y en a un, Aval… Je l'ai amené chez nous. Pour qu'il s'acclimate. On a un lien spécial. Je crois que tu l'aimeras aussi. Il me fait penser à toi.

Louis tressaille. Et il a une intuition, qui ne dure que quelques secondes, que le « on » sera maintenant réservé aux poulets.

III

Aval est parvenu à se libérer du placard, à accéder à la poignée en battant des ailes. Il semble les attendre à la maison, tapi sur le canapé, en boule, posture lancinante typique de l'animal domestique. Il apprend vite. À la ferme, Paule ne l'a jamais vu dans cette position. En entendant les humains entrer, il se redresse légèrement, ouvre les paupières. Louis appuie sur l'interrupteur et dévoile Aval en pleine lumière. Son plumage a pris des teintes mordorées sous l'éclairage au néon. Il semble maintenant leur sourire.

Louis attrape la main de Paule. Il tremble légèrement, et Paule ne sait pas si c'est d'émotion ou de peur, s'il peut penser, après tous les livres qu'il a lus sur le sujet, qu'un poulet peut être une menace pour l'homme. Elle caresse sa main et en sentant ses quatre doigts, elle sait qu'il n'y aura pas de problème, qu'il est de leur espèce. Louis murmure, comme s'il ne voulait pas qu'Aval entende : « C'est trop petit chez nous pour lui, il aurait fallu que j'aménage un espace ici aussi, qu'il se sente bien. »

Il s'avance, paume en avant, comme au zoo, quand on apprend à nourrir les chèvres, le rapport primaire à l'animal, tendre la paume et attendre ; comme le premier geste à l'accouchement est de trancher le cordon. Louis supplie Paule du regard pour qu'elle lui explique la marche à suivre. Elle s'y refuse. Elle ne veut pas interférer. Il doit découvrir seul.

Louis continue à avancer jusqu'à se trouver au plus près d'Aval. Alors il comprend qu'il ne sert à rien de tendre la paume. Il s'agenouille, dit « Bonjour », et Aval piaille en réponse, Louis sourit, le prend dans ses bras. « Je n'imaginais pas une telle douceur. » Il a une voix nouvelle, que Paule ne lui connaissait pas, une voix paternelle.

IV

— Vous allez voir, ils sont bien ici nos poulets.

Fernand roule au travers de la ville à vitesse constante, ressort par la périphérie. Une belle périphérie garnie de magasins, de piétons, de vie, tout ce qui manque maintenant au centre. Les commerces y ont pour la plupart fermé pour s'installer dans les marges. Seul le supermarché de Fernand est resté sur une artère passante, en résistance.

Louis et Fernand ont des choses à se dire : ils parlent sans discontinuer, de détails techniques et de normes chiffrées étrangères à Paule, en se vouvoyant. Elle ne sait rien de leurs entrevues, de leur potentiel respect l'un pour l'autre. Ils sont tous les deux là pour elle, et cela suffit à son équilibre. Elle se laisse bercer par ces voix qui la prennent en charge, la guident vers ce lieu qui les abritera, elle et les poulets.

Quand la voiture s'arrête, Paule descend. Louis passe sa main dans son dos, comme pour la soutenir. Fernand bombe le torse.

C'est ici.
La ferme nouvelle.
— Alors ?

Pour saisir l'intégralité de l'immeuble, il faut lever la tête dans un angle particulier : ce n'est pas qu'il soit particulièrement haut, mais plutôt large, obèse, on a l'impression étrange que la façade pourrait se décrocher pour nous tomber dessus. Les poulets sont cachés dans cet espace de bureau. Un instant elle les imagine en costume-cravate cogner avec leur bec à l'ordinateur, Hector donnant des ordres aux autres, leur faisant faire du tai-chi ou un jogging matinal en guise de team building. Paule a une envie physique de les voir, d'entendre comment leurs piaillements résonnent ici.

Dans le hall tout blanc, il n'y a pas de poulets mais dix salariés, tout propres. Paule en reconnaît certains : elle a vu leur tête coupée au cou sur des CV. Leurs yeux la fixent, plissés par un sourire, les nerfs de la bouche remontés jusqu'au front. Paule ne s'y attendait pas, elle se tourne vers Fernand qui tape dans ses mains, applaudit en chœur avec Louis et les salariés. Elle aurait voulu voir l'espace en premier, nu, comme dans une visite immobilière. Mais il faut prêter attention aux visages, les visages sont prioritaires par rapport aux lieux. Aucun poulet, bien sûr, dans cette haie d'honneur. Dans la ferme, la mère ne recevait jamais trop d'humains à la fois. Elle disait : « C'est l'espace des bêtes, il ne faut pas tout mélanger. »

Les sourires retombent progressivement. On attend. Fernand souffle : « Tu devrais dire un mot. » Paule a envie de crier : « De bons poulets bien élevés », comme au marché, mais elle voit bien que ce n'est pas le propos attendu. Alors elle étire ses muscles faciaux. Fernand tape dans son dos, elle rechigne à bouger.

— Paule, on va visiter ?

La main de Louis dans la sienne la met en mouvement. Le groupe de salariés reste fixe un instant avant de se disperser sans bruit.

Pour accéder aux poulets, il faut prendre un ascenseur ; on arrive alors à leur « salle de vie », deux étages au-dessus de leur salle de mort. L'espace est d'une logique parfaite. Louis est d'une logique parfaite.

Au huitième étage, l'ascenseur sonne comme un micro-ondes. Fernand s'élance hors de la boîte, Louis est tendu comme un ressort, il garde les yeux fixés sur Paule, comme s'il la suppliait de dire quelque chose, d'aimer ce bâtiment ; elle lui sourit. Fernand s'arrête quelques mètres plus loin pour désigner une large paroi transparente. Paule s'approche en fermant les yeux, paupières serrées.

D'abord, elle découvre le paysage sans vie. Un lotissement de maisons de poupée aux volets roses se dresse en son centre, et autour un parc, poutres et toboggans, délaissé comme les jardins d'enfants la nuit. Les poulets s'en tiennent éloignés. Ils ne sont pas prêts à quitter leur condition de poulets d'élevage, se dit Paule. Ça viendra. C'est beau, tout neuf, un parc d'attractions rutilant qui ne demande qu'à être inauguré. Louis, derrière elle, serre ses épaules, son souffle est chaud. « Ça te plaît ? » Elle hoche la tête. Bien sûr que ça lui plaît. C'est ici qu'ils auraient dû passer leur première nuit, boire et manger parmi les poulets, leurs plumes comme oreillers. Elle pourrait organiser une cérémonie avec de la musique et un ruban à couper. Au contact de ces jeux, pense-t-elle, les poulets vont muter. Ils vont avoir de nouvelles attentes, de nouvelles envies. Ils seront bientôt parfaitement urbains, et un tour de manège leur importera autant que piquer l'herbe.

Autour du lotissement reposent des maisons œufs, grands poulaillers ovales en béton blanc prévus pour abriter jusqu'à cent spécimens. De parfaites répliques de coquilles, avec une ouverture façon œuf à la coque inversée, trouées en leur fond, pour faciliter l'entrée et la sortie. De faux arbres aux larges perchoirs sont plantés çà et là. Les couleurs sont vives et, même de derrière la vitre, ça sent l'herbe fraîche de synthèse. Au plafond, un écran crée un ciel bleu. Quelques nuages aux formes harmonieuses flottent.

Il n'y aura plus d'hiver. Louis a pensé l'espace dans un printemps perpétuel.

La marée de poulets est terrée sur le côté droit

du champ, presque immobile. Combien sont-ils ? Huit mille selon Fernand, les deux mille pondeuses sont reléguées à un autre étage. Les poulets sont tant agglutinés les uns aux autres que l'on croirait à une bête géante, une touffe de plumes disproportionnées aux cent becs et aux mille pattes. Huit mille tout rond, vraiment ?

— Ils peuvent me voir, d'ici ?

— Les vitres sont sans tain, il ne faudrait pas que nos allées et venues les troublent.

Paule colle ses yeux contre le verre de séparation. Où sont Hector ? Fève ? Elle réajuste son regard, cherche dans cette grappe un poulet connu auquel se raccrocher, sans y parvenir. Elle ne peut pas blâmer la distance, à la ferme elle savait les distinguer d'un bout à l'autre du champ. Leurs piaillements étaient pour elle des voix.

— Où sont mes poulets ?

— Parmi les autres.

Le combat attendu entre anciens et nouveaux n'a pas eu lieu. Au lieu de ça, les poulets, amorphes, se concentrent jusqu'à se ressembler. Le regard de Paule se perd entre les volatiles. L'un d'eux la fixe à son tour avant de détourner les yeux. Ce regard, Paule s'y accroche : Victoire. Les mêmes ergots, le même port de tête, comme un défi au paysage. Mais Victoire ne faisait pas partie des poulets à déménager, Victoire a disparu lors du massacre. Ses morceaux étaient dispersés dans le champ. Paule l'appelle faiblement, comme une complainte : « Victoire ? » Victoire ne répond pas. C'est le poulet à sa droite qui piaille, et son cri ramène Paule à Tristan. Un autre disparu. Tristan et ses taches ombragées sur le plumage. Elle frissonne. Son regard vacille. C'est comme si tous les défunts étaient soudain revenus à la vie et se trouvaient là, dans cette nouvelle ferme idyllique, à la hanter. En chaque poulet qui gambade ici, elle voit un fantôme. Une armée de poulets morts-vivants sous cet anti-ciel, prêts à l'attaquer.

— Quelque chose ne va pas ?

Fernand pose sa main sur son épaule, Paule la retire. Il pourrait les lui avoir volées, ses bêtes, pour l'amener à quitter la campagne. Elle l'imagine soudain lancer des poulets morts à sa fenêtre, un sourire mauvais sur le visage. Les disparus auraient été amenés à la ville. Ça aurait été un bon calcul. Et elle, elle se serait enfermée avec son prédateur dans un espace clos et blanc. Il lui semble soudain avoir compris le massacre des poulets. Elle n'en éprouve aucune joie, mais une terreur sourde.

— Ça va ?

La voix de Fernand est amicale, il est le même allié rencontré au marché, celui qui sait comment endormir les poulets d'une caresse sur la tête. Paule ne sait plus. Elle aimerait partir d'ici, mais au moment où elle se retourne pour un dernier regard vers le champ, elle le voit, lui, le petit tâcheron brun éloigné du troupeau. Il scrute le ciel, sa tête levée en contemplation béate. Elle ne l'avait pas remarqué. Il effectue deux pas étriqués, sautillant sans baisser la tête.

Il n'a qu'une patte.

Il aimerait rejoindre les autres, mais la distance semble immense, tout un champ les sépare. Appuyé sur sa patte valide, il fait bouger son gros corps vers l'avant. Ses ailes remuent. Il saute à cloche-pied. Sa tête se maintient fière dans l'effort. À chaque pas, on croirait qu'il va tomber pour ne plus se relever. Paule cale sa respiration sur le rythme de son avancée. Elle halète avec lui, avec ce corps maladroit de poulet dans l'espace sans recoins.

— Celui-là, j'aimerais qu'il s'appelle Panache, dit-elle.

Tout à coup, Paule sent son ventre se contracter, un éclat de rire lui échappe. Fernand glousse à son tour, puis Louis. Ensemble, ils restent devant la vitre, à contempler l'avancée maladroite de l'unijambiste. Ils rient longtemps, cruellement, et les poulets n'entendent pas.

V

Les scénaristes de vie de poulet n'ont pas encore été engagés. Ils seront comme une extension de l'élevage, c'est pourquoi leur recrutement incombe à Paule. Pour choisir les poulets, il faut se rendre chez un éleveur comme Gustave, juger si les bêtes sont en bonne santé, n'ont pas de colorant dans leur plumage. Pour les scénaristes, deux étapes sont nécessaires : l'examen des candidatures, puis un entretien.

Grâce à eux, elle étendra l'hommage à l'échelle industrielle. C'était l'idée en emménageant ici : biographier plus. Les poulets vont changer de statut dans l'imaginaire collectif. Elle pourra faire le tour des médias, Aval sur les genoux, pour rendre grâce à l'intelligence de ses animaux. Elle est à présent, c'est inscrit sur sa fiche de poste : *showrunner*. Charge à elle de créer un univers cohérent dans les vies de poulets. Tout ça, sans les mettre à mort. « Tu ne peux pas être au four et au moulin, avait dit Fernand, l'exécution n'a rien à voir avec les centres d'intérêt des poulets. »

Paule s'assoit à son bureau, et sa position, le dos rond, un stylo dans la main gauche, la ramène à l'écriture des biographies. Les CV des candidats, concentrés en une grande pile, sont remplis jusque dans les marges. Jonas, Louise, Cléa, Fabien, Amat, Sonia. De potentiels noms de poulets.

C'est comme si elle avait entre les mains des vies qu'elle n'avait pas écrites. Ils reprennent tous les défauts d'une mauvaise bio. Victor Sanpair possède, écrit-il, de nombreuses qualités. Il en fait état en une longue liste allant de la joie de vivre à la ponctualité. Cléa Vèpres est toute à l'écriture ; son CV déborde de références qui échappent à Paule. Elle vient de la romance, elle en écrit depuis sa plus tendre enfance. Jonas Baumann vit entre quatre villes. Il vient du monde ouvrier, a été éboueur, maçon, avant de se recycler dans le journalisme, spécialité, « chiens écrasés ». Les dates de ses emplois se superposent : Paule trouve les dédoublements suspects, elle les entoure au stylo rouge en un grand trait, comme elle le faisait avec les fautes d'orthographe des biographies. Loisirs : cinéma, voyages, Japon, etc. Certaines vies ainsi étalées sur papier sentent le désespoir. Paule elle-même n'aurait peut-être pas réussi l'exercice, elle aurait sans doute parlé de la mère, de son dégoût de la viande, de Charles, le poulet originel. Irina inscrit dans passion : poulets. En un mot, simplement. Morts ou vivants ? Morts, sans doute. Paule note dans la marge : « Passion : ailes de poulet ? » Le CV d'Hadrien Milan discorde par son vide. Quelques dates, lancées sur la feuille blanche, font état de postes sans histoires. Elle ne remarque que ce trou béant, dix ans de vie non commentés. C'est lui qu'elle veut voir en premier.

La salle d'entretien est un vaste cube immaculé. Fernand et elle s'installent en son centre. Elle aurait aimé mener à bien cette étape dans la salle des poulets, que les bêtes aussi puissent juger de leurs biographes, comme dans une arène. Ça aurait créé un nouveau lien entre eux. Elle les aurait sondés entre deux passages de candidats, les huit mille poulets, aurait estimé à leur manière d'incliner le bec s'ils acceptaient l'aspirant scénariste comme biographe. Ils auraient peut-être attaqué les charlatans, les repoussant loin de la salle de vie d'un coup d'aile. Hector aurait pu faire ça, faire fuir les envahisseurs. Elle se dit : si je gagne en responsabilité, les poulets aussi. Fernand prend la parole.

— Voilà ce que je te propose, je vais poser les questions. Toi, tu peux te présenter, soulever des points spécifiques, sur les poulets, par exemple. Pourquoi l'attachement aux poules ? Etc., etc. Je t'ai préparé une liste si jamais tu séchais.

Sur le papier que Fernand lui tend sont inscrites, de plus en plus petites, des questions types. Paule lit : « Qu'est-ce qui vous emballe dans le projet ? »

La poignée remue, d'abord doucement, puis dans un mouvement plus brusque la porte s'ouvre. Un homme passe la tête. Il est grand et barbu, plus jeune que son CV ne le laisserait penser. C'est Hadrien. Le nez long, la bouche pâle se fondant dans le visage et deux grands yeux ronds. Il dit : « On m'a fait entrer. » Il avance. Ses pas timides n'osent pas se déployer tout à fait.

— Je suis né et j'ai toujours vécu à Paris, ma mère venait de la campagne, je ne sais plus exactement de quelle région. Je sens que ce sont mes racines et j'aimerais renouer avec elles.

Au moment de clore ses phrases, il se courbe un peu, comme si un frisson lui parcourait le dos. Quand il parle, Paule le croit. Ses paroles en elles-mêmes ne sont pourtant pas bien malignes, mais elles l'inspirent : il pourrait être un poulet qui serait né dans cette fausse ferme, et rêverait chaque nuit à des champs dans la garrigue.

Les discours des candidats se déversent à rythmes variables : « Je pense que pour faire des pas en avant, il ne faut pas que le pas soit trop grand », « J'ai besoin de me mettre en danger », « Mon activité professionnelle n'est pas liée à l'endroit où je réside, j'aimerais retrouver un lien à la campagne sans y vivre », « Je sais que votre entreprise répond à mes attentes professionnelles et correspond à un modèle d'organisation qui me plaît vraiment », « J'aimerais comprendre le monde animal », « Je suis vraiment très motivé ».

Fernand débite les questions avec une voix professionnelle qu'elle ne lui connaissait pas :

— Mais qu'est-ce qui vous motive, au fond ?

— Pourquoi les animaux ?

— C'est quoi votre source d'inspiration ?

— Comment avez-vous appelé vos chiens et chats, petit ?

— Avez-vous déjà écrit un discours pour un enterrement ?

— Est-ce que vous voulez *vraiment* travailler ici ?

— Donnez-moi trois mots pour décrire un poulet ?

— Vous mangez de la viande ?

Les candidats qui lui paraissent insignifiants, Paule jette leur CV tout entier dans la poubelle en plastique. Quand le défilé finit par se terminer, il faut tenter d'imaginer la transformation possible de ces corps citadins en scénaristes. Cinq seront élus. Elle les visualise pénétrer dans la salle des poulets, comprendre ce qui se joue lors d'un baiser cloacal. Ce n'est pas gagné. Paule griffonne au dos d'un CV cinq prénoms. Hadrien parce qu'il lui plaît, c'est le seul qui l'inspire, Cléa parce qu'elle a parlé de tendresse dans sa description des poulets, Léo parce qu'il a déjà travaillé dans un cabinet vétérinaire, Jonas parce qu'il l'a fait rire. Carla, c'est pour le prénom. Un de ses premiers poulets de ferme portait le même. Fernand acquiesce. « Très bon choix, compère, et Yann Visser ? »

Paule l'a trouvé arrogant, inconscient du monde animal. Ses yeux restaient scotchés sur Fernand, qu'il appelait avec déférence

« monsieur Rabatet ». Il insiste : « Il a un profil intéressant, quelque chose que les autres n'ont pas. C'est un persévérant. » Paule se courbe pour récupérer le CV dans la poubelle. Yann a donné un titre à sa candidature, qui s'affiche au-dessus de ses expériences passées : « Grandir en faisant grandir autrui ». Yann ne lui évoque rien de positif. Fernand continue son éloge : « Et puis c'est un adepte de développement personnel, il apportera une sérénité à l'équipe. » Paule dépose à nouveau son CV dans la poubelle, pour exprimer une bonne fois pour toutes que c'est non, mais Fernand, sans rien dire, le récupère. Il le défroisse et le place face à Paule : « Regarde bien, je suis sûr que tu te trompes. » Son index appuie sur la feuille, comme un maître mettant son élève devant sa copie. Elle refuse de baisser les yeux sur le papier. Il lâche finalement :

— Je le connais, je sais que c'est un bon choix. Fais-moi confiance.

Fernand l'implore. Elle l'imagine petit garçon, jouant avec des paquets de pâtes éventrés dans les rayons de son futur supermarché, se faire réprimander par les caissiers. Elle cède : enlevons Carla Lime de la liste.

Fernand serre sa main tendrement, puis lui fait la bise, comme s'ils venaient de conclure un nouveau marché juteux.

VI

Pour dissimuler l'odeur des poules, un parfum est diffusé en continu par la ventilation. Le bureau de Paule est terne. Pour écrire et corriger, ce n'est pas pratique. Il lui manque les piaillements, la possibilité de caresses sur le dos des poulets, leurs avis en direct sur les biographies, leur mort.

Les portes vitrées qui la séparent du champ de plastique lui paraissent insurmontables. Aval aussi manque. Elle se refuse pourtant, par une étrange superstition, à l'amener avec elle. Deux jours par semaine, Louis travaille depuis l'appartement. Il peut passer du temps avec leur poulet. Quand elle rentre, ces soirs-là, elle les trouve complices, leurs regards trahissent un lien dont elle ne devrait pas être jalouse. Ils forment une famille. Mais Paule ne voudrait pas être remplacée dans le cœur de son poulet. Puisque Aval n'a pas de ligne directe, elle appelle Louis. Le premier son qui sort du téléphone est celui d'un caquètement, sifflant, qu'elle reconnaîtrait entre mille. Son cœur se pince.

— Tu es à la maison ?

Les piaillements s'arrêtent. La voix de Louis, calme, prend leur relais.

— Oui, toute la journée.

— Et Aval, il est avec toi ?

— On joue, avec une balle rebondissante que j'ai trouvée dans un tiroir. Je ne savais pas que les poulets pouvaient aimer ça, il vole presque pour aller la rattraper.

— Il me manque.

— Plus que moi ?

Paule a un soupir ému. Louis comprend ce qui se trame. Il approche sa bouche du téléphone, comme s'il murmurait.

— Regarde dans le tiroir de ton bureau, le premier. Il y a une clé. Elle sert à ouvrir une pièce créée pour toi, elle ne figure pas dans les plans. Prends le couloir, passe devant les poulets et tourne deux fois à droite. Je crois que ça peut te consoler.

Dans la minuscule pièce, des écrans retransmettent l'image des poulets sous différents angles : en plongée totale depuis le ciel, en gros plan au niveau de l'herbe, dans une vue d'ensemble. « Un tableau de bord garni de boutons permet d'orienter les caméras », explique Louis au téléphone. C'est un observatoire.

D'ici, elle peut voir les poulets sans qu'ils la voient. Ils paraissent hébétés, comme s'ils étaient restés trop longtemps devant la télévision. Les écrans les multiplient encore, les transforment en une masse informe. Leurs têtes se balancent avec indolence en haute définition. Les écrans rendent mal leurs singularités, le grain de leurs plumes, leurs regards.

Paule s'installe sur le fauteuil face aux écrans. Louis commente : avec la tablette de gauche, tu peux changer le temps. Les possibilités sont encore limitées, mais avec les progrès actuels, on pourra peut-être bientôt pousser jusqu'à une période glaciaire. En attendant, il est possible de simuler des matins ou de monter toutes les températures, c'est de la vraie eau de pluie qui est stockée. Avec la tablette de droite, la couleur du ciel et celle de l'herbe peuvent être modifiées. L'intégralité du spectre colorimétrique est disponible, plus de quinze mille nuances.

Paule presse un bouton qui modifie la couleur du ciel.

Il se met à pleuvoir, à neiger, puis le soleil revient, et les brins d'herbe commencent à muer, à perdre leur teinte verte pour devenir bleu vif. Les poulets tournent vite, comme pour s'échapper, mais ils se heurtent aux vitres. Paule voudrait que ça s'arrête. Elle appuie sur un nouveau bouton, un gros bouton rouge.

— Tu peux aussi leur parler. Il y a un micro. Des enceintes sont intégrées dans le plafond-ciel, dans le sol et même dans les poulaillers. Tu peux leur dire ce que tu veux. Les gens ne t'entendent pas depuis le couloir.

Paule s'approche du micro, si près que ses lèvres collent au métal. Elle tient sa position, muette.

Louis comprend la solennité du moment : « Appelle-moi quand tu veux, on se voit plus tard, je te laisse profiter. »

Un autre écran, perché plus haut que les autres, en noir et blanc, attire son attention. Un tapis roulant, des machines, un plafond de néons : c'est la salle de mort. En noir et blanc pour ne pas voir la couleur du sang. C'est le vrai cadeau, cette minuscule télévision pour lui laisser un lien avec l'exécution. Elle s'approche encore, ses yeux presque collés sur l'écran. La chaîne est vide, les premiers cadavres arriveront ici en même temps que les scénaristes. L'équipe spécialisée est déjà en place, terminant l'installation des machines. Les saigneurs. Elle aimerait savoir s'ils sont conscients de leur privilège. Elle pourrait leur dire : à la serpette, c'est plus facile.

VII

La secrétaire tapote son stylo contre la table, le bruit résonne comme une horloge de campagne. Les autres salariés restent impassibles. Paule est en retard. À sa vue, tous opinent d'un air entendu, et ça lui rappelle la façon dont les poules maintiennent leur tête fixe tandis que leur corps se déplace.

Fernand est crispé, il a gominé ses cheveux. Debout, torse bombé, il ne regarde pas Paule. Ses lèvres semblent ouvertes, comme pour se préparer à sourire, mais c'est autre chose qui vient.

— On va commencer.

Fernand adresse un signe à Paule : « Viens là. » Elle se colle à lui, il dégage une odeur âcre couverte par une eau de lavande trop capiteuse. C'est agréable d'être proches.

— Il nous faut une marque qui rappelle notre ADN, l'ADN de nos poulets, et qui soit *différenciante*. Là, pour le moment, on n'a rien. Juste le nom des poulets ça sonne mal, ça ne crée pas une marque.

— Et la marque crée l'addiction.

C'est une femme qui a parlé. Le même âge que Paule, les cheveux bien coupés aux épaules, des lunettes de couleur, des couleurs partout sur la figure, les lèvres, les joues, les paupières, la naissance des oreilles. Paule se retrouve désœuvrée comme devant son stand. Les noms des poulets défilent dans sa tête. Théodore, Claro, Nick, Charles, Coquin, Brutus, Aval. Leur nom contient tout un monde. Ce sont eux l'entreprise. Elle ne comprend pas l'enjeu de la réunion. Fernand propose « Biochick », il explique que le terme rassemble les biographies et le *chicken*, c'est mieux si c'est en anglais, ça passe mieux pour l'export, ils n'auront pas à repenser une marque. Après tout, pourquoi les poulets ne traverseraient-ils pas l'Atlantique ?

Fernand dérive. La femme maquillée l'interrompt.

— Bonjour, Alice, du marketing. On a fait un *brainstorming* et beaucoup d'idées sont sorties : « La ferme à la ville », « Vos poulets préférés »… De notre côté on a retenu « Les poulets de Paule ».

Le cliquetis des claviers s'emballe. Paule met un moment à réagir. Elle pense : ils veulent utiliser mon nom, comme j'ai utilisé celui des poulets. Elle imagine soudain une serpette lui tranchant le cou, sa biographie manuscrite écrite par Fernand. Celui-ci s'exclame, comme pour couper court à la gêne :

— C'est bien, « Les poulets de Paule » ! Qu'est-ce que ça raconte ?

— Ça dit l'authenticité. Paule et ses poulets, main dans la patte. On pourrait faire quelque chose sur ça. Les poulets de Paule, des poulets bien élevés…

Cette Alice a une étrange manière de prononcer son prénom, elle n'est pas du Sud, le « o » traîne dans sa bouche. Fernand enchaîne :

— C'est direct, ça sonne bien. Moins international, mais après tout les étrangers aiment aussi les trucs bien français.

Paule se laisse tomber sur une chaise. Ils ne pensent pas à son nom de famille. Rojas. Il est pourtant inscrit sur chaque contrat et la définit, peut-être plus que « Paule ». C'est sa lignée, les poulets en découlent. Elle n'aime pas son prénom. Il est trop doux, trop court. La mère n'avait pas été inspirée. Elle lui avait dit : « Toi, tu étais moins facile à nommer qu'un poulet, à ta naissance, tu n'exprimais rien. »

— On veut les mettre en avant, eux, pas moi.

— Mais ça donne le genre « petite famille ». Tu es la mère, ça fait artisanal. Ça crée un lien entre le consommateur et le poulet.

Une fille, plus jeune, lève la main, remue ses doigts en l'air : elle veut parler. Son dos est courbé, comme ceux des paysans.

— J'avais pensé à Biog. C'est comme notre propre label, comme Bio, mais avec notre touche à nous, ce qui fait notre valeur, les biographies. On fait un clin d'œil à ce que les gens connaissent déjà tout en se réinventant. On a l'ADN de la marque et la référence, on pourrait réutiliser ça et on aurait une place sur le marché et…

La jeune fille s'englue. Elle baisse la voix jusqu'à ce qu'il n'en reste qu'un mince filet, les mots deviennent indiscernables. La salive manque peut-être. Sa phrase se dissout. Alice l'interrompt.

— C'est un peu trop technique peut-être, non ? Et puis ça se prononce mal. Paule ? C'est vous notre spécialiste littéraire. Sinon, on a toujours la mention des poulets citoyens, ou citadins, qui pourrait fonctionner. Mais on risque d'effrayer les gens. Citadin, on pense pollution et étouffement.

Fernand tranche :

— « Les poulets de Paule », c'est une valeur sûre.

L'air est frais dehors et chaud dans la ferme. Paule enlève son pull. Le ciel est anormalement bleu. Quand on regarde attentivement, on voit les jointures au plafond délimiter les écrans. Le faux soleil jaune brille très fort mais ne dégage pas de chaleur. Sous le sol, il n'y a pas d'asticots, la nourriture est 100 % biologique. La plupart des poulets sont perchés sur les arbres, somnolant ou contemplant leur nouveau monde.

Les poulets ont une très bonne vue grâce à la position latérale de leurs yeux. Leur acuité visuelle est bien meilleure que celle des humains, mais pour la grande majorité d'entre eux, Paule n'est plus qu'une inconnue que l'on n'a aucune raison de saluer. Ils restent statiques à son approche. Paule ne va pas au contact. Certains fouillent la surface, enfoncent leur bec, reniant l'évidence : il n'y a rien qui vive dans le béton. Bientôt, les poulets s'en rendront compte et changeront leurs pratiques, oubliant qu'un jour c'est à l'intérieur de la terre et non dans des réservoirs de plastique qu'ils puisaient leur nourriture.

Panache est là encore, à l'écart, comme en rébellion. C'est à sa patte folle qu'elle le reconnaît, à sa tête levée vers le ciel aussi, dans la même position qu'au premier jour. Il regarde passer les nuages. Paule est soulagée. Les poulets handicapés meurent souvent dans des circonstances dramatiques, piqués par la masse qui ne supporte pas la faiblesse, ou faute de pouvoir se nourrir. Peut-être les citadins sont-ils moins cruels que les autres. Panache porte une bague sur sa seule patte valide, le chiffre 88 est inscrit dessus au feutre indélébile. Elle le soulève doucement, il se débat puis renonce, immobilisé.

Panache sous le bras, Paule prend l'ascenseur. Ce poulet est spécial. Elle voudrait s'excuser de s'être moquée. Il aura le droit de sortir de la salle de vie et de se balader en liberté dans les locaux. Elle a besoin de compagnie ici. Parfois, elle l'emmènera dans l'observatoire. Ensemble, ils pourront contempler ses semblables. Il sera le poulet domestique de l'entreprise. Panache ne cherche pas à déplier ses ailes, il se love contre elle.

Ils arrivent dans le grand bureau de Fernand, s'arrêtent à son seuil, en embuscade. Paule regarde un instant son collègue (ou s'agit-il de son patron ?) s'agiter, brasser des papiers jusqu'à ce que l'un d'entre eux retienne son attention. Il l'approche alors de ses yeux, le parcourt, avant de le déchirer avec hargne. Panache piaille légèrement, comme pour dire bonjour. Fernand relève les yeux.

— Qu'est-ce que tu fais ? Entre, tu as quoi dans les mains ?

— C'est Panache.

Elle n'ose pas ajouter : « Celui dont on s'est moqués le premier jour. » Panache reste immobile, presque endormi contre la chaleur de sa maîtresse.

— Je voulais te le présenter. Ça pourrait être notre mascotte.

Fernand l'examine longuement, sans se lever. Ses doigts se sont resserrés sur d'autres papiers. Il ne semble pas avoir envie de prendre Panache dans ses bras.

— Il lui manque une patte.

— Justement, vu le nombre de poulets, pour sa survie il vaut mieux le sortir de là. Ce serait bien d'avoir une mascotte, non ?

— Oui, c'est plutôt une bonne idée. Mais un animal handicapé comme mascotte, tu ne crois pas que ça envoie un message un peu négatif ?

Fernand sourit légèrement, mais Paule voit bien que cela ne l'amuse pas du tout.

VIII

Le week-end, l'entreprise est fermée. Les poulets sont nourris par les machines à distribuer le grain. Pendant deux jours, l'abattage s'interrompt et chaque humain rentre chez lui. Louis aimerait partir en balade, montrer la ville à Aval. Paule s'excuse : « Il faut que je digère tout ça, tous les changements. » Rien ne les oblige à sortir, le frigo est rempli. Aval continue son acclimatation. Paule lui parle parfois de Panache à voix basse. Elle lui dit : « Tiens-toi tranquille comme ton frère des villes. » Alors il se blottit dans un placard.

Dans les pièces qui n'ont pas été repeintes, elle observe les traces que Louis a laissées : un verre de vin renversé au-dessus du canapé, l'ombre d'une araignée écrasée sur le mur blanc des toilettes.

Elle a envie d'une parade amoureuse intramuros. Elle met un disque, très bas, c'est une compilation de Lluís Llach, les premières chansons qu'ils ont écoutées ensemble. Louis semble ému, ses joues sont rouges, son corps tendu. C'est un disque qu'il n'aurait pas osé mettre sans elle. Il lui prend la main pour danser. Les gestes pour aller vers l'autre ne sont pas évidents. Leurs salives mélangées ont un goût de café.

Quand la musique cesse, ils restent debout, leurs corps entremêlés et gênés. Sur la peau de Louis le duvet se dresse. Il passe la langue le long du cou de Paule, le lèche en suivant la carotide. Paule pousse un râle alors Louis continue, sa langue dévie sur la nuque, ne s'arrêtant qu'à la naissance des cheveux. Elle recule, il se déshabille en la regardant, elle ne l'aide pas. Elle ne se souvenait pas des lignes saillantes sur son corps, sur le torse, les cuisses, de belles lignes toutes courbes et nettes. Il s'allonge nu et immobile à côté d'elle. Elle aime cette passivité, l'offrande la touche. Elle le désire, fort, et c'est une sensation qu'elle avait oublié de nourrir, elle plonge dans ce désir, et c'est celui de toute l'année passée qui afflue, comme après une hibernation. Elle sait que c'est pour ça qu'ils se sont attendus, que finalement ce sont leurs corps qui leur ont fait tenir la distance. Elle se souvient de la fête de leur rencontre, après qu'il eut saisi sa main, qu'elle eut découvert ses deux fois quatre doigts, l'ascenseur qu'ils ont pris pour atteindre le toit, y faire l'amour, puis lui qui pisse sur leur ville, le sexe encore plein de sperme tendu au-dessus des immeubles. C'est une image qui est ancrée en elle, à chaque fois qu'elle y revient, elle retourne au désir. Paule retrouve ses réflexes :

elle commence par tenir la main de Louis, entremêler ses doigts aux siens, et de sa main libre elle touche ses genoux, ses pieds, et puis remonte, elle est étonnée par sa douceur, par la facilité qu'ont leurs corps à se reconnaître. Il la saisit par la taille pour qu'elle s'approche encore, comme si elle possédait deux poignées prévues pour ce geste. Alors leurs langues se cherchent, ils se lèchent dans leur entier, deviennent des animaux tendres et aimants.

Son corps n'est pas qu'utile, il est beau. Elle pense : avec Louis, je n'ai pas besoin de mots ; il entre en elle, et pour la première fois depuis des mois, elle ne pense plus du tout.

IX

Les scénaristes choisissent des poulets qui leur ressemblent, par un détail physique ou un caractère. Ils transfèrent post mortem leurs propres problèmes vers les poulets. C'est devenu une compétition : parvenir à créer les textes les plus originaux sans sortir du cadre biographique. Léo prend les poulets fiers, exaltés, Eva les déplumés, Hadrien les solitaires. Les poulets de Yann, pense-t-elle, manquent de vie.

La géographie du bâtiment fait que Paule peut observer les scénaristes de la même manière que jadis elle observait les poulets. L'angle est parfait. Louis a dû prévoir où elle allait porter ses regards. En se penchant, et avec beaucoup d'application, elle peut deviner ce qu'ils écrivent. Ils sont comme elle les avait imaginés lors de l'entretien : accomplissant avec sérieux cet emploi de bureau, globalement dociles, opérant sans relâche la description la plus minutieuse possible – quitte à en faire appel aux cinq sens – de vies animales.

Les ordinateurs de Léo et Cléa se touchent. Leur dialogue est un flux. Leurs poulets évoluent d'ailleurs dans des groupes communs : lorsqu'ils se retrouvent sur le même coin d'herbe, ils se rapprochent, se picorent le dos, ce qui, chez les poulets, est une grande marque d'affection ou de désir. Quand ils chuchotent, Paule devine qu'ils critiquent un membre de l'entreprise, parfois même un poulet. Sans doute dénigrent-ils les plus déplumés, ceux qui ne savent pas se défendre. Elle imagine bien Cléa dire : « Celui-là manque de saveur », et Léo pouffer. Paule aurait pensé que Cléa serait plus proche d'Hadrien, avec qui elle partage son année de naissance et une ironie féroce. Mais Hadrien crée des liens plus retors. Ses affinités s'établissent avec les poulets : ses préférés, il leur caresse le dos, joue avec eux, tente de leur lancer des balles pour qu'ils les rapportent. Il attend toujours avec eux l'arrivée de l'équipe spécialisée qui se chargera de les tuer et leur glisse alors quelques mots : « Tout ira bien, ne t'inquiète pas. » Quand il entre dans la salle de vie, les poulets s'approchent pour le saluer. Ils connaissent son odeur, qui n'est pas si différente de la leur. Souvent, Hadrien se rend dans le bureau de Paule pour connaître son avis. Elle le guide. Est-ce possible que celui-ci soit si timide ? Et celui-là, si préoccupé par la mort ? Il a remarqué que les poulets n'étaient plus tout à fait les mêmes qu'avant. Un mois a passé seulement, et pourtant on peut déjà dire qu'ils ne viennent pas de la campagne. Il n'y a qu'à les voir monter sur leurs jeux avec adresse. Ils se sont habitués au plastique. Avec Hadrien, Paule garde un carnet pour consigner les changements dans la salle de vie, l'influence du cadre sur le caractère des poulets. « C'est notre petit secret », lui a-t-elle dit. Il ne faudrait que des Hadrien.

Jonas aussi a du potentiel. En revanche, la synthèse lui est complexe. Tout lui paraît important, et il contemple les poulets comme un enfant émerveillé, consigne le moindre détail. C'est sur ses travaux que Paule passe le plus de temps. Elle doit les recomposer à partir de mots épars, comme si un secrétaire avait observé pendant des heures un animal pour elle. Elle aime leur insuffler l'esprit des poulets de Paule. Ça l'oblige à retourner dans le champ, à penser les poulets avec Jonas. En de rares occasions, elle amène aussi les autres scénaristes. Ils s'assoient alors dans l'herbe de synthèse, doivent noter quel poulet leur a tapé dans l'œil et pour quelle raison. Paule commente : « Ah bon, ce poulet, tu trouves que sa crête ressemble à un cœur, intéressant, note-le ; la tache de celui-ci, c'est vrai, fait penser à un test de Rorschach, mais j'y vois un papillon plus qu'une anguille ; je crois que ces deux-là vont finir ensemble, espérons que leur histoire ne soit pas trop tumultueuse. » Panache est un excellent sujet d'étude. Elle le fait poser, et les scénaristes doivent imaginer comment sa patte folle a pu être parfois un atout.

Elle espère ainsi leur transmettre le sens de l'hommage. Yann ne participe pas. Il arbore sans cesse un sourire narquois, l'air de dire : j'en sais plus que toi. Elle se demande ce qu'il cache. Parfois, elle le surprend en conversation avec Fernand, et à son approche, leurs voix baissent. Elle ne s'en offusque pas. Depuis le village, elle ne s'étonne plus d'aucun affront. Mais une pensée la taraude : et s'ils agissaient contre les poulets ?

Quand parfois Paule est inspirée, elle se permet de raconter aux scénaristes des anecdotes de la ferme, le jour où un matin, elle contemplait une couvée de poussins, leurs premières plumes écloses, et que la mère s'était approchée, attrapant l'un d'eux, qui se tenait tête baissée, somnolant. C'était le plus délicat. « Tu vois celui-là, il est malade, demain il sera mort. » Paule l'avait pris avec elle. Il n'était pas question que ce poussin meure. Du bout d'une allumette, elle l'avait nourri, l'avait baigné, soigné, mais au matin, il ne respirait plus.

X

Aval s'ennuie ferme les journées où Paule et Louis désertent. L'appartement sans extérieur doit être pour lui comme un caveau domestique. Parfois elle laisse la télévision allumée pour lui tenir compagnie, mais il n'est pas sûr que cela suffise. Lorsque ses humains rentrent, Aval saute dans leurs bras. D'autres fois, Paule le retrouve enroulé dans des plaids ou amorphe devant une émission qui n'est pas de son âge et qui lui grave sans doute des débilités dans la tête. Qui sait ce qu'il en retient.

Une appréhension la retient toujours de l'amener au bureau. La jalousie qu'Aval pourrait développer pour Panache peut-être, ou bien l'idée qu'il pourrait aimer la ferme nouvelle et devenir, lui aussi, un poulet lambda amateur de plastique.

Elle sait que Louis aussi s'inquiète. Il craint que le manque de présence ne soit nuisible à son développement. Mais Aval reçoit déjà beaucoup plus d'affection que la plupart des poulets, et lui ne finira pas sous cellophane. Louis supplie Paule du regard : « Mais il est différent. C'est le nôtre, il faut savoir l'élever. »

Leurs repas se transforment en fêtes. Pas un dîner ne se passe sans fou rire, parce qu'Aval mange avec eux sur une chaise haute, c'est Louis qui a eu l'idée, même Paule n'y aurait pas pensé, et que sa manière de piquer le grain sur la tablette, de le recracher parfois et de caqueter pour répondre à leurs conversations ne manque pas de charme.

XI

Penché avidement sur la carte des desserts, Fernand habite un coin de la salle. Il a choisi la table la plus isolée. Paule l'observe : il ne semble pas nerveux. C'est une petite émotion de le retrouver là, en terrain neutre, sans collègues ni poulets aux alentours. La division du travail leur impose une distance que Paule n'avait pas anticipée. Pas géographique, bien sûr, puisqu'ils se croisent et s'entendent marcher dans les couloirs tout au long de leurs journées. Pourtant, dans les faits, Paule vit avec ses poulets et les scénaristes, et Fernand cohabite avec ses chiffres et les clients. Pour ne pas perdre le lien, ils ont convenu de faire le point régulièrement, dans des lieux sympathiques comme les cafés de la ville. L'expression avait fait sourire Paule, *faire le point*. La définition originelle, l'oncle la lui avait apprise lors d'une de leurs promenades : « Positionner le navire ou l'avion sur la carte après avoir fait une série de longs calculs. » Faire le point ne serait que le début d'une bataille.

Paule s'assoit sans bruit à ses côtés. Elle n'aime pas être en face : les poulets ont une vue latérale. Fernand met quelques instants à décrocher son regard du menu.

— Alors comment ça se passe ?

— Tout le monde va bien, les poulaillers sont occupés nuit et jour, les jeux commencent à avoir leur effet. Les groupes se forment.

— Si tu as d'autres idées pour le champ, on peut en parler.

— Je sais.

— Et les scénaristes ?

— Ils écrivent.

Les lèvres de Fernand murmurent : « C'est bien, c'est bien », mais ses sourcils se sont froncés.

— Il n'y en a pas qui te posent problème ?

— Certains sont plus doués que d'autres.

Maintenant que les rendez-vous en tête à tête avec Fernand sont devenus plus rares, elle n'a pas envie de le contrarier. Yann est un sujet sensible. C'est un moment festif, il faut qu'ils profitent. Fernand, sans regarder le serveur qui les interrompt, commande un café gourmand, Paule juste un café.

— Même Jonas ?

Quand Paule transmet à Fernand et à l'équipe d'emballage les biographies du jour, il n'y a aucun moyen de savoir quel travail ça a été de reprendre les biographies de Jonas. Avec la matière bouillonnante et chaotique qu'il fournit, elle s'arrange toujours pour créer des textes compacts et sereins.

— Oui, même Jonas. Pourquoi ?

— Yann me dit que pour Jonas, ça semblait difficile. Tu sais, c'est encore leur période d'essai.

Il fallait s'y attendre : Yann est un mouchard. Pour délivrer à Fernand cette information, ont-ils pris rendez-vous ? Près des poulets peut-être ? Ou à cette même table ?

— Jonas progresse vite. Il est un peu plus lent, mais ses qualités d'observation compensent largement. C'est le début. C'est son enthousiasme qui le perd. Il veut tout dire sur les poulets, alors parfois ça part dans tous les sens, c'est tout.

Elle voit bien que Fernand ne la croit pas, il hoche la tête, et Paule pense à l'oncle et aux tartes à la cerise.

— Côté ventes, rien à signaler. On écoule tout, les supermarchés sont en demande, et même les bouchers s'y mettent. On va augmenter le prix du poulet, mais faiblement d'abord, pour que ça passe inaperçu. Ça permettra de faire du tri dans la demande. Je te proposerai un plan bientôt.

Elle aimerait lui demander : penses-tu que l'on ait réussi ? Que les poulets sont plus heureux maintenant ? Que nous leur rendons un vrai hommage ?

Elle n'en a plus la ferme sensation. Peut-être si elle pouvait les tuer, sentir leur chair à nouveau, ce serait plus facile.

Les cafés arrivent. Fernand plonge sa cuillère dans la crème anglaise et la lèche avec application. Il a de l'appétit. Ses yeux brillent.

— Tu sais combien coûte le poulet le plus cher du monde ?

Elle secoue la tête – négatif. Au marché, les prix sont fixes.

— 1 500 euros le poulet, parce qu'il a une mutation génétique rare. C'est comme s'il était né dans du pétrole. Il est entièrement noir, même ses os. Il y a aussi des poulets qui se vendent dans ces prix-là juste pour leurs énormes pattes.

Paule imagine des poulets dinosaures faire trembler la terre. Leurs pas qui se posent lourdement jusqu'à craqueler le sol, leurs gènes violents qui remontent.

On pourrait greffer à Panache une patte monstre.

Fernand éventre le moelleux au chocolat qui se vide de son cœur fondant.

Il n'a pas regardé Paule dans les yeux depuis le début du rendez-vous.

— Tu vois où je veux en venir ? Si on arrive à imposer notre différence, on fera ce que l'on veut avec les prix. Ça pourrait exploser.

Il s'interrompt pour avaler une nouvelle bouchée.

— Goûte-moi ça.

Sans que Paule ait pu dire quoi que ce soit, la cuillère pleine s'approche, elle ouvre la bouche, le gâteau passe déjà ses lèvres. Paule déglutit. C'est bon, en effet.

Fernand vient de lui donner la becquée.

XII

Chaque soir, Paule confie Panache à ses semblables pour qu'il ne perde pas le contact. Elle n'est pas prête à le faire entrer chez elle. Louis pourrait mal réagir : son amour des poulets est concentré sur Aval, il ne ferait pas bon de le disperser.

Quand Paule pénètre dans la salle de vie, Panache au bras, elle le pose près des jeux, non sans l'avoir embrassé tendrement sur le sommet de son crâne. Il est bien nourri et puissant, elle n'a plus peur pour lui. En cas d'attaque, il saura se défendre. Par la même occasion, elle salue brièvement les autres poulets. Elle en a repéré certains, ceux dont lui parle Hadrien pour leur raffinement. Dans leurs yeux, comme dans ceux de Panache, une lueur brille. Leurs pattes se déplient élégamment. Ils savent orchestrer des chorégraphies complexes pour grimper sur les toboggans. Parfois, elle a l'impression qu'ils discutent poliment, en cercle, comme autour d'une tasse de thé. C'est charmant. Elle aimerait que

Panache noue des liens, même si quelque chose d'essentiel diffère entre eux : Panache, comme Aval, ne sera pas mangé. Il tente toujours de suivre Paule vers la sortie. Elle lui explique : « Il ne faut pas que tu perdes le contact avec tes congénères. » Elle désigne les jeux, les toboggans et les maisons de poupée, l'encourage à s'y aventurer. Mais Panache la regarde de son air maussade et culpabilisateur. Il faut bien qu'il comprenne : les humains ne remplaceront jamais les poulets.

XIII

— On devrait partir tous les trois. Aval n'a jamais vu la mer.

Pour eux aussi, ce serait bien. De ne pas rester si sédentaires. De voir du pays. Ils pourraient même aller à la ferme, celle de la mère ? Voir si Aval reconnaît les lieux ?

La tête fixée sur l'oreiller, Louis répète la même rengaine depuis plusieurs jours maintenant. Les repas familiaux ne lui suffisent plus. Paule caresse ses cheveux. Il aimerait qu'Aval vive des choses extraordinaires ; une vie si routinière n'est pas digne de lui. Paule aimerait lui parler de l'alcool versé dans les mangeoires, des promenades en voiture sur le siège passager, des tentatives précédentes pour pimenter la vie des poulets, mais elle n'est pas sûre que Louis comprendrait. Revenir à la ferme lui paraît impensable.

— Je ne peux pas quitter l'entreprise juste pour un poulet.

Dans le lit, Louis se redresse. Son souffle est

dru. Paule pose la main sur son cœur. Elle ne le sent pas battre.

— Ce n'est pas juste un poulet, Paule. C'est Aval, il vit avec nous, il t'a suivie ici, depuis la ferme. Je l'ai adopté, grâce à toi. Les autres, c'est de la chair sous plastique.

Paule cille mais Louis est lancé.

— Tu passes ton temps à écrire sur leur mort, et tu ne regardes même plus ton propre poulet. Tu travailles à la chaîne, à mettre des mots sur des cadavres. Tu ne crois pas avoir perdu quelque chose dans l'affaire ?

— Si je m'absente, ça ne sert plus à rien. Les poulets ne pourront pas être biographiés.

— Les scénaristes sont là pour ça, non ? C'est toi qui ne peux pas partir, et je n'arrive pas à comprendre pourquoi.

— C'est les poulets que tu n'arrives pas à comprendre.

Louis se retourne dans le lit, tirant la couverture sur lui, avant de se lever, en rage. Il rage rarement. Dans le noir, à tâtons, il avance dans l'appartement. Il espère qu'Aval n'a pas entendu les cris. Louis ne connaît pas bien la morphologie des poulets, mais leur cœur est si petit qu'il doit être fragile. Pour tenir tête à Paule, la faire réagir, il pourrait sortir Aval dans la rue, dans un bar. Ou bien le manger. Réaffirmer son statut de carnivore pour ne pas être dévoré. Louis sait qu'il ne le fera pas ; que demain, ce sera comme si la dispute n'avait pas existé. Tant que les mots n'ont pas été écrits, pour Paule, ils ne sont que du vent.

XIV

— J'arrive !

Les scénaristes attendent Paule. Elle se force à expirer, la détresse la quitte. Elle a accepté leur invitation à déjeuner. D'habitude, elle apporte ses propres plats et les dévore devant des catalogues de jeux sophistiqués. Elle demande toujours à Panache son avis pour son prochain achat, attend qu'il indique son choix du bec. Panache semble comprendre et s'amuse à piquer chaque page, en déchirant parfois le coin. Elle ne le force pas à régurgiter. Avec Fernand, ils se font livrer. Il ne l'appelle plus compère. Il lui montre les chiffres de l'entreprise, réclame des nouvelles des scénaristes. Paule se demande comment de si petites quantités de poulets peuvent produire autant d'argent. Il hausse les épaules. « C'est une question de stratégie. »

Sur le chemin, les scénaristes entourent Paule comme une carapace. Yann raconte trop fort sa journée, revient sur les trouvailles de ses biographies. Il soutient que les poulets sont divinement bêtes, comme le veut leur réputation. Il en a vu un se déplumer lui-même. Paule lutte pour la parole : c'est impossible, si un poulet s'est infligé ces sévices, c'est qu'il devait chercher un parasite. Elle appuie sur ce mot. Elle aimerait voir si Yann saurait en faire autant, se retirer par la force de ses seules mains ou de sa bouche une tique logée dans sa chair.

Les scénaristes insistent pour qu'elle ait la place du chef ; là, elle peut les regarder à défaut de les entendre. La carte est remplie de viandes diverses décrites en mots bruts, plus ou moins cuites, plus ou moins transformées, baignées en sauces ou dans leur jus. Paule se figure ces morceaux de corps empilés, la tour de Babel de chair qui penche. Elle scrute le menu, à la recherche d'un plat végétarien, sans succès. Louis lui dirait de faire diversion, de prendre une tarte et d'éliminer discrètement les lardons, les reléguer au bord de l'assiette, les cacher sous une feuille de salade.

Les scénaristes sont concentrés : ils font leur choix. La viande ne les émeut pas, elle les appâte. Il serait logique qu'eux aussi soient végétariens. On ne mange habituellement pas son objet de travail. Pourtant, comme elle le pressentait, cela ne les effleure pas. Devant la carte, ils ont faim. Peut-être ont-ils un moment d'émotion au moment de planter le couteau. Peut-être que si l'image de leur poulet préféré leur revient, ils la chassent. C'est sans doute leur manière à eux d'être connectés dans leur chair aux poulets. Paule aussi aurait bien besoin de ça : la mort lui manque. Les mots sans mort ne veulent rien dire. Elle a le blues des exécutions, la nuit elle s'imagine parfois empoigner à nouveau la serpette et coller un poulet mourant contre son sein pour entendre ses ultimes battements de cœur. Elle devrait se replonger dans la viande pour mieux comprendre ses bêtes. Être viande fait partie de leur vie.

Yann prendra le steak haché, Cléa le demi-coquelet. Les autres hésitent encore. Elle aimerait leur dire qu'elle ne peut décemment manger ici. Ils l'encourageraient peut-être à essayer malgré tout, à aller contre ses a priori. Il suffirait de leur demander ce que ça leur fait, la chair dans la bouche. Leur réclamer un morceau.

Elle n'y arrive pas. L'image de Fernand lui intimant de ne jamais rien dévoiler la poursuit, et avec elle, la honte. Hadrien tente : « Tout est très bon ici. » Son doigt pointe une entrecôte. Est-ce qu'il sait à quelle partie de la vache cette viande appartient ? Paule pourrait le lui apprendre. Elle pourrait dire : non, ce n'est pas un morceau situé entre les côtes, mais dans les muscles mêmes, long dorsal, long épineux, long costal ou intercostal. Le doigt d'Hadrien reste fixé sur la carte, comme un prolongement du mot « entrecôte », et soudain Paule a un vertige. Elle n'entend plus les voix. Ses yeux clignent malgré elle, s'embuent, ses joues deviennent rouges. Les scénaristes la dévisagent.

Paule se lève le plus dignement possible, même si ses jambes tremblent, et dit : « Je n'ai pas faim, je retourne travailler. »

XV

Paule est avachie dans l'herbe de synthèse, les feuilles des biographies trouées par son stylo. Il n'y a pas de position confortable dans le champ pour écrire, mais au moins l'odeur des poulets est là pour l'inspirer. Près d'eux, elle sait quelle phrase d'hommage est juste ou fausse.

Janine était une poulette sophistiquée et coquette. Avec l'extrémité de ses ailes, elle lissait ses plumes, et de ses grands yeux, elle vérifiait que les ongles de ses pattes soient de la même longueur.

Elle barre.

Dès que la pluie déposait un peu d'eau dans un creux, Janine en profitait pour s'y mirer. Non pas que Janine fût superficielle, c'est simplement qu'elle accordait autant d'importance au fond qu'à la forme. Cette quête du sublime rendait Janine attrayante.

Elle rature, enlève les négations, les adverbes. La vie d'un poulet est trop simple pour ce style pompeux.

Panache joue dans l'herbe.

Les scénaristes peuvent la voir depuis le

couloir mais elle s'en fiche. Ils peuvent bien penser ce qu'ils veulent. Quand la porte s'ouvre, elle ne se retourne pas.

Oh, comme Bastien aimait les grands espaces, les courses, sur une ou deux pattes d'un bout à l'autre du poulailler ! Comme il aimait séduire, croquer la vie à plein bec !

Les points d'exclamation vont mal aux poulets, qui ont peu d'élan. Yann pourtant persiste, à chaque phrase, à en ajouter. Elle les barre.

Panache lui tire la chaussette. Il veut lui dire quelque chose mais ce n'est pas le moment.

Elle le balaye d'un revers de main ; ce geste est cruel, elle ne l'assume pas jusqu'au bout, et alors qu'elle se retourne vers lui pour s'excuser, les chaussures trop propres de Louis apparaissent. Aval s'approche lui aussi, vient picorer les feuilles de papier raturées de Paule. Aval et Louis sont dans le champ de plastique. Elle tressaille.

— On voulait te faire une surprise.

Les autres poulets viennent sentir Aval. Lui, indifférent, se dirige vers les maisons œufs aux côtés de Panache. Ses deux poulets se dandinent côte à côte. Paule les regarde faire, stupéfaite.

— Pourquoi tu l'as amené là ? Tu es fou ?

Paule court comme elle n'a pas couru depuis l'enfance pour rattraper son poulet, le prendre dans ses bras avant qu'il ne soit mêlé au lieu. Louis la regarde, sans comprendre. Il bégaye.

— Comme je pars demain à Dubaï, on voulait te voir ici.

— Arrête de parler en son nom, merde.

Elle empoigne Louis et Aval, les précipite hors du champ, traverse le couloir jusqu'à son bureau. Louis reste sidéré. Hadrien et Cléa lèvent les yeux sur le trio, comme à la recherche d'inspiration, de quelque chose qui pourrait les sortir de leurs récits de poulets.

Paule ferme la porte pour qu'on ne les voie plus.

— Pourquoi tu l'as amené ici ?

— Je voulais te surprendre. Qu'il voie le bâtiment que j'ai construit pour toi et pour les autres poulets. Qu'il change de décor, je ne sais pas.

— Tu n'aurais pas dû. C'est pour les poulets en instance de mort, ici.

Louis soupire. Il porte la main à sa poche, dont dépasse une petite cordelette rose qu'il serre nerveusement. C'est ainsi qu'ils sont venus, Louis promenant Aval au bout de cette laisse, à proche distance pour l'empêcher de dériver vers la route, lui laissant parfois du lest pour lui donner l'impression de liberté. Elle imagine les regards amusés des passants. Louis dévie la conversation. Il veut mettre fin au malaise.

— Pourquoi les poulets sont si nombreux ? Les poulets, dans les maquettes, ils étaient deux fois moins, non ?

Paule ne sait pas compter. Elle ne saurait pas dire. Il se pourrait qu'une meilleure fertilité les ait multipliés, ou que leur masse compacte crée une illusion d'optique. Les chiffres se bousculent dans sa tête. Elle pense aux exécutions à la chaîne. Sur son bureau sont entassées les biographies restantes du jour, encore trente vies qu'elle n'a pas eu le temps de relire. Quelque chose ne tourne pas rond ici, elle le sait, et la présence de sa famille rend cela plus évident encore. Aval se pose sur les genoux de Louis. Paule se sent mal à l'aise, son corps pèse.

— Je vais rentrer avec vous.

XVI

Les matins ordinaires, Hadrien ne communique pas avec les autres scénaristes. Il adresse un bref signe de tête à Paule, accompagné de mots inaudibles. C'est sa manière de la reconnaître comme son chef, Paule y est sensible. Il pose ensuite son sac sur le bureau, extirpe l'ordinateur, souffle sur le clavier comme si le trajet avait pu le couvrir de terre. Puis il prépare le café, les yeux rivés sur les poulets. Ce moment crée en lui de vives tensions : c'est là qu'il choisit les prénoms du jour. Il puise dans *Goldorak*, *Hélène et les garçons*, *Alf*, cherche des ponts entre poulets et personnages. Il n'aurait pas cru, à ses débuts, que les points communs seraient si nombreux, mais les comportements en communauté sont universels. Il y a le maître de la basse-cour, les timides, ceux qui ignorent tout des coutumes. Parfois un poulet lui rappelle une de ses sœurs ; il rechigne pourtant, par une étrange superstition, à nommer d'après sa vie réelle.

Mais ce vendredi, Hadrien ne lève pas les yeux. Passé le seuil de son bureau, il serre la main de Léo, embrasse Cléa. Les bises échangées sont solennelles, les visages tendus comme à la messe. Une feuille passe de main en main. Ils s'agglutinent, lisant à tour de rôle le papier sous la table. Hadrien est le plus grave, sa tête reste inclinée, si bien que Paule ne parvient pas à croiser son regard. Ils ressemblent à des enfants qui dissimulent de mauvaises lectures, joues rouges, yeux baissés. Petite, Paule lisait souvent cachée près des poulets. Un jour, sa mère l'avait attrapée à feuilleter ses livres illustrés au lieu de donner le grain. Paule avait fermé les paupières, comme si cela annulait sa désobéissance. En présence de sa mère, le livre devenait pornographique. C'était l'histoire d'un crocodile. Les crocodiles attaquent souvent après de longues embuscades. Celui-là se préparait. C'était un crocodile plutôt innocent, autant que peuvent l'être les animaux de la jungle dans les livres pour enfants. « C'est mauvais pour tes yeux. » La mère s'était saisie du livre. Les pages s'étaient froissées sous ses doigts.

À midi trente, elle n'y tient plus. Paule quitte son bureau pour rejoindre les scénaristes. Ils sont sages à présent, rangés derrière leurs ordinateurs. Ils ne lèvent pas la tête vers elle. Pourtant, ils sentent sa présence. Les joues d'Hadrien sont rouges, ses muscles tendus. Ils se consultent en silence. Jonas sort un article froissé de sous une pile, le tend à Paule, bras tendus.

Ça vient d'un journal national. L'article est en sixième page, grand comme cinq biographies. La photographie d'une pyramide de poulets l'accompagne. Paule sait qu'elle ne devrait pas le lire, mais ses yeux engloutissent les mots. Ça parle de « fausse authenticité », de « nouvelle génération de poulets en batterie pseudo-cool », « marque *devenue tendance* par sa capacité à satisfaire les aspirations croissantes des classes moyennes supérieures en façonnant une nouvelle norme culturelle, qui passe pour décalée ou marginale. De fait, une fausse singularité se crée, un lien affectif à ce qui est mangé, qui attache en vérité davantage le consommateur au supermarché qu'au poulet, qui reste plus que jamais une victime du système ».

Paule, en silence, regagne le bureau.

Les mots du journal s'infiltrent en elle. Elle se dit : « Mes poulets manquent vraiment d'authenticité ; ce ne sont que des poulets en batterie pseudo-cool. » Les poulets citadins n'ont pas de conscience, ils sont étrangers à l'hommage, à l'histoire de leurs ancêtres. Elle ingère les phrases comme les prédictions d'un horoscope, quand sous le signe taureau il est écrit que la journée sera mauvaise.

Elle se lève, saisissant du même coup son sac, le journal et Panache qui piaille, pour dévaler le couloir jusqu'à la salle des poulets. Comme à leur habitude, ils l'accueillent d'un air morne.

— Voilà ce que l'on dit sur vous, très chers. Montrons-leur qu'ils ont tort !

Elle s'assoit dans l'herbe pour déclamer l'article, n'omettant aucune critique, même celles qui lui heurtent la bouche. Les poulets s'éloignent. Les mots prononcés trop forts leur font peur. Les pauvres, se dit-elle, ils ont l'impression d'être grondés. Seul Panache reste là, habitué sans doute aux mouvements d'humeur des hommes. À défaut de les tuer elle-même, elle va les éduquer. Bientôt ils comprendront. Ils pourraient trouver un canal de langage commun. Les jeux ne sont qu'une illusion, une distraction consumériste, ils ne sont pas l'essentiel. Il faut leur donner les mots. Elle sort de son sac un livre de poèmes, et tout ce temps, ces trois heures que dure la lecture, elle ne lève les yeux que pour observer comment les poulets reçoivent les phrases, les évocations des vaches paissant dans les champs mal fleuris et le venin de l'automne. Avec flegme bien sûr, en continuant leur entreprise de poulets. Panache écoute mieux que tout autre, les deux oreillons dressés, la poésie qu'elle lui livre, les vers pleins de personnages, de noms, parce que, pense-t-elle, les noms, il les connaît, c'est son rapport originel au langage, ce qui lui est donné chaque jour, quand elle lui lit les biographies de ceux qui partent à l'abattoir.

XVII

Lorsque Paule rentre, sa bouche est sèche. Il est agréable que Louis soit loin, de ne pas avoir à parler. Ce soir, elle a besoin de penser. Elle pose ses clés sur la table sans allumer la lumière, et, dans le noir, s'étend sur le lit. Son bras droit heurte des plumes : Aval. Il s'est couché à ses côtés. Paule se recroqueville autour du corps dodu de son poulet. Elle le caresse du bout des doigts. Mais Aval ne bouge pas. Au nez de Paule monte une odeur trouble. L'odeur, aigre et tendre, de poulet mort.

Aval est étendu sur le flanc, le corps enfoui sous les draps.

Il ne respire plus.

Comme si les gestes de tendresse pouvaient annuler la mort, elle lui sourit, l'appelle faiblement, lui prodigue une caresse sur la huppe. De longues minutes, elle refuse de comprendre. Il ne peut pas être mort, puisqu'elle ne l'a pas tué. Mais les yeux d'Aval restent fermés. Sur son plumage une tache rouge a éclos au niveau de la tête. Paule fait le tour de l'appartement, à la recherche d'un indice. C'est dans la cuisine qu'elle comprend. Une casserole s'est écrasée sur son crâne jusqu'à le fendre. Un bête accident domestique et tout s'effondre.

La peau tendue crispée par la mort devient moite tandis que les larmes de Paule se déversent sur le poulet aimé. Elle se laisse tomber sur le lit et pleure encore, comme si avec Aval elle avait tout perdu, la ferme des origines, la mère, l'hommage. Aucun débouché ne s'offre pour son cadavre. Un cadavre de poulet ne peut se jeter aux toilettes. Il faudrait dire cette mort à Louis. Lui annoncer : ton fils est mort, reviens ici pour faire le deuil avec moi. Est-ce que Louis pleurerait lui aussi ? Elle le revoit lui parler à voix basse, lancer pour lui des balles dans l'appartement, les plumes caressées et les mots de joie, les aventures et son amour paternel. C'est impossible d'annoncer que ce lien s'est brisé. Elle ne s'en sent pas la force.

Elle écrit à Fernand : « Aval est mort. Il nous faut l'enterrer. » Elle aimerait qu'il l'emmène jusqu'à la ferme en voiture. Ils arriveraient quelques heures plus tard. Peut-être n'auraient-ils pas parlé de tout le voyage, en guise d'hommage à Aval : deux heures de silence. Fernand s'arrêterait devant la maison et Paule tiendrait en main les clés qui ne serviraient plus à rien : la serrure aurait été forcée. Les draps qui recouvraient les meubles reposeraient maintenant sur le sol. La maison serait vide, dans son plus simple appareil, dépouillée de son héritage, de tout ce qui se trouvait là depuis des générations.

L'odeur des poules se serait dissipée.

Fernand répond : « Rejoins-moi au bureau. »

Paule porte Aval les avant-bras tendus, comme on soutiendrait un enfant mort. Fernand a mis son costume noir. Il affiche un sourire de circonstance. Il sait l'importance de ce poulet dans l'équilibre de Paule. Il dit : « Aval a eu une belle vie, avec vous. Peu de poulets ont été aussi heureux. » Panache les escorte, sérieux et digne.

Leur cortège se déplace dans l'entreprise silencieuse jusqu'à atteindre la salle des poulets. Fernand retient la porte pour entrer et leur présence allume le ciel. Les poulets sont surpris par le retour brutal de la lumière, ils se dispersent, piaillent, pleins d'énergie comme au matin.

Au centre du champ, Fernand s'agenouille et ses deux mains forment un puits qui bientôt fend la fausse pelouse. Quelques poulets se sont rassemblés autour d'eux. Panache fait partie de ce groupe. Il faudrait pouvoir rendre hommage, inventer un rite funéraire, mais la bouche de Paule ne s'ouvre que pour des sanglots. Comme pour la mère, aucun mot ne vient. Fernand creuse jusqu'au béton. Le trou a une parfaite forme ovale. Paule y dépose le corps d'Aval, à la verticale, à jamais debout. Sa biographie restera vide. Panache s'approche pour piquer la dépouille, elle le repousse. Elle aimerait qu'il comprenne que c'est un frère qu'il outrage ainsi. Elle le tient dans ses bras et le serre, lui chuchotant : « Nous devrions pleurer ensemble. »

XVIII

Louis envoie à Paule un message : « Montre ça à Aval et dis-moi si ça le fait sourire. » Une photo est jointe : on y voit une enseigne en forme de poulet géant dont les yeux clignotent. Aval n'aurait pas aimé cette photographie.

Les jours suivants, elle s'enferme dans son appartement avec Panache. Le sentir près d'elle l'aide à ne pas être parfaitement solitaire. Ses respirations un peu sifflantes lui deviennent indispensables. Elle voudrait l'aimer comme Aval. Le bruit des poulets morts ne quitte jamais Paule. La nuit, des hurlements la réveillent et Paule sait que ce sont les exécutés de la ferme qui l'appellent. La mère aussi avait ce problème. Au milieu du silence elle pouvait crier « Chut », Paule est sa complice maintenant. Les acouphènes animaux se promènent même dans ses rêves.

XIX

Lorsque Louis rentre de voyage, il tend à Paule une boule à neige enfermant un palais exotique, un monument minuscule et coloré sur lequel tombent en tempête des flocons. Il l'a achetée à l'aéroport. Elle lui dit :

— Je ne savais pas qu'il y avait de la neige là-bas.

— Il n'y en a pas, mais ils fabriquent ça à la chaîne.

Quand Paule la renverse, on dirait sa ferme qui s'incline. Elle la secoue plus fort et le palais tremble un peu : elle imagine ses habitants s'accrocher aux murs en pâte à sel pour ne pas basculer. Elle aussi tremble de savoir Aval remplacé par Panache dans leur appartement, et la mort qu'elle n'arrive pas à dire. Ses mains se contorsionnent. Elle fait tomber la neige en tempête.

Louis pose ses bagages aux côtés du panier à chien où Panache s'est endormi. Ses yeux passent sur lui. Il pourrait être Aval pour un regard non averti. Ils ont la même couleur noir de jais, les yeux vifs, droits et fous. Les points communs s'arrêtent là. Le plumage d'Aval était en pétard, les plumes volantes et désorganisées, ses pattes hautes, là où Panache, en dehors de sa patte folle qui d'ici est invisible, a le plumage sage, les plumes comme gominées. Paule espère que les yeux de Louis seront trop fatigués ce soir pour discerner Aval d'un autre, ne pas avoir à lui faire endurer tout de suite cette perte.

Louis s'approche de l'animal.

— Lui aussi il m'a manqué.

Il se penche sur Panache comme sur un berceau, ses traits se détendent : il sourit. Panache ne bouge pas. Paule aimerait s'interposer pour maintenir l'illusion. Elle dit à Louis : « Tu le toucheras plus tard. » Elle croit entendre : « Ne sois pas ridicule. » Elle ne veut pas qu'il s'approche encore et apprenne la mort d'Aval, mais une colère lui monte : la rancœur qu'au premier regard, ce poulet qui était comme son fils, Louis ne sache le distinguer d'un autre. Louis entame une caresse sur le dos de l'animal. Son sourire ne faiblit pas. Alors, juste avant que Panache ne se dénonce en faisant son premier pas, Paule s'interpose.

— Je t'ai dit, je ne veux pas que tu le touches.

Elle part s'enfermer avec lui dans la chambre, ferme le verrou.

Louis soupire. Il aurait aimé retrouver Paule

intacte. Derrière la porte, il entend Aval caqueter. Lui aussi a changé. Un instant il se demande ce que Paule lui a fait endurer, si elle serait capable de sévices sur lui.

LAZARE

C'est ainsi que Lazare s'était toujours souhaité : mort.
Lazare avait de l'ambition. Depuis ses premiers jours, un goût de regret traînait dans sa gueule. Il est difficile pour un poulet de trouver la bonne technique pour périr. Pas d'aile assez puissante pour voler, pas de force pour foncer dans un mur, pas de dents pour se manger soi-même. Mais Lazare était stratège. Il savait qu'il y a de cela des décennies, les poulets n'avaient que deux doigts, que grâce au développement de leurs capacités terrestres, ils avaient réussi à en obtenir le double. S'il travaillait encore, il pourrait peut-être en avoir cinq, ce qui lui permettrait de courir plus vite pour s'écraser contre l'un des décors

anxiogènes dont l'homme l'avait entouré, ces images grandeur nature qui en offrant une certaine vision du bonheur filent en réalité la nausée. Il savait aussi qu'il y a fort longtemps, les poulets avaient des dents. Il ne leur en reste qu'une. Unique. C'est elle qui leur permet de rompre leur coquille pour voir le jour. Se tuer dans l'œuf, Lazare avait bien essayé, en vain. Une fois le jour vu, il avait donc décidé d'aller contre l'évolution de son espèce et de jouer sur trois tableaux : muscler chaque jour ses ailes dans l'espoir de sauter du perchoir, multiplier les sprints dans l'espoir de se projeter fatalement contre un mur ou une vitre (il hésitait), et enfin, développer sa dentition dans l'espoir de se manger le cœur.
Ainsi, la vie de Lazare ne fut qu'un entraînement à la mort.

XX

Hadrien frappe à la porte. Paule lève les yeux. Ses visites se sont espacées ces dernières semaines. Ses biographies s'assombrissent : Hadrien utilise le « je », parle de poulets suicidaires, ce n'est pas bon signe. Il est de ceux qui ont besoin de compassion pour écrire, et compatir jour après jour avec des dizaines de poulets qui vont mourir n'est pas sain. Hadrien salue d'un geste de tête Panache, qui trône comme à son habitude sur le bureau.

— Je voulais discuter un peu avec toi. Savoir si mon travail te convenait.

Paule dispose d'une grille permettant de mesurer les retards, la productivité, l'implication dans l'équipe ; elle ne sait pas la lire.

— Oui, il me convient. Bien sûr. Et aux poulets aussi.

— Tu sais, on est tous contents d'être ici.

— Moi aussi je le suis.

— C'est bien, cette idée de biographie. Vraiment.

Hadrien s'interrompt, s'assoit face à Paule puis cesse de bouger un instant.

— Mais je me demande, par rapport aux poulets… Je me demande ce qu'ils sentent vraiment, tu sais. Ce qu'il y a dans leur tête. Je me suis dit : toutes les épitaphes sont de notre point de vue. Peut-être qu'ils ne sentent pas du tout de la même manière que nous.

— Qu'est-ce qui te fait dire ça ?

— J'ai lu sur le sujet. Et puis à les observer, j'ai vu qu'il se passait des choses en eux qui m'échappaient. Des interactions, tu vois, des rancœurs dont je ne comprenais pas les motifs.

— Comment tu veux comprendre ça ?

— Ça me fait de la peine d'interpréter ce qu'ils vivent sans savoir. Et puis ici je ne sais pas, quelque chose cloche.

Les yeux d'Hadrien sont fixés à ses genoux. Paule sait que les poulets ne deviennent pas si heureux et épanouis qu'elle l'avait espéré, et que les supermarchés sont de piètres tombeaux. Elle se sent lasse. Elle est tout à coup prise d'une peur immense à l'idée de ce qu'Hadrien pourrait lui dire, à l'idée qu'il pourrait lui reprocher ses défaillances.

— Je pense que tu te trompes. On peut comprendre les poulets aussi bien que les gens. Tu vois, moi, je ne te comprends pas non plus. Si j'écrivais ta biographie, elle serait biaisée. Tu ne crois pas ?

XXI

Cette nuit-là, Paule rêve de sa mère et un poulet crie, les cris du poulet se transforment en un mot qu'elle ne comprend pas, et le poulet martèle le mot, le martèle encore, la voix devient celle de la mère et un sous-titre apparaît. Elle se réveille en sursaut. Louis n'est pas à côté d'elle dans le lit. Ils s'endorment toujours en formant des nœuds avec leurs corps. Leurs corps se retiennent. Ils jouent à s'emmêler.

La cuisine est éclairée. Des rais de lumière passent sous la porte entrouverte. L'appartement semble tranquille, Paule pense que Louis est sorti dans la nuit, courir ou disparaître. Un homme est encore plus prompt à s'échapper qu'un poulet.

Le sol de la cuisine craque. La porte du frigo s'ouvre. C'est un bruit minuscule, que Paule reconnaît pourtant au premier instant. Des mains fouillent le frigo, ne trouvent pas ce qu'elles cherchent, déplacent le beurre et les yaourts. Elles se saisissent d'un aliment sec, bien caché au fond du frigo, que Paule, à cette distance, ne sait identifier.

L'idée que Louis se nourrisse sans elle la gêne.

Les mains attrapent maintenant un instrument de cuisine, un couteau, l'extirpent du tiroir. Paule enfouit sa tête dans ses draps. Louis fait peut-être ça chaque nuit. Ou prépare-t-il sa vengeance pour la dissimulation de la mort d'Aval. Il pourrait découper Panache, le réduire en miettes. Le couteau commence à trancher. Les sons qui montent vers elle lui font l'effet d'une guillotine. Une bouche avale des tranches, mâche. Paule reconnaît la mastication de Louis, ses gencives fortes et ses dents de derrière qui manquent.

La lumière s'éteint. Les pas se rapprochent du lit. Louis, sans bruit, se couche près d'elle : une odeur obscène de saucisson se dégage de ses pores. Elle veut se rapprocher malgré tout, sans savoir pourquoi. Elle l'enlace.

Louis pose sa main sur le sexe de Paule, l'effleure, ses doigts sont gelés, il n'est pas sorti, pourquoi la température de son corps est-elle descendue si bas ?

Il y a quelque chose de répugnant dans cette chair qui s'avance vers elle.

Le sexe de Louis s'enfonce en Paule. Elle crie, ses muscles se contractent, elle perçoit le sang qui file en elle. Sa tête est posée sur le matelas. L'oreiller recueille ses cheveux emmêlés qui courent sur les draps. Louis les saisit paume fermée et tire un peu dessus. Paule tente d'enrouler ses jambes autour de la taille de Louis mais il bouge trop vite, son bassin arqué retombe lourdement. Ses jambes restent étendues. Il jouit.

Le petit matin est maussade dans l'appartement : les ampoules à économie d'énergie éclairent mal. Louis corrige des plans sur le bureau, penché, griffonnant vivement. Il légende un territoire. Panache est sur ses genoux, en boule, dans la même position qu'Aval quelques semaines auparavant. Louis ne semble toujours avoir rien vu du subterfuge. Sur les feuilles, le squelette d'un grand magasin est dessiné à la main, en coupe apparaissent des rayons, des emplacements pour les caddies. Le mot « supermarché » est inscrit sur le mur de la façade. Louis tend fièrement à Paule ses dessins : « Regarde, il viendra grossir les rangs des points de vente de tes poulets. » Bientôt, si tout va bien, le dessin deviendra un gros bâtiment dans lequel les gens s'engouffrent pour satisfaire leurs besoins vitaux. Paule pense que c'est toute une ville que Louis aura construite à la fin de sa vie, disséminée aux quatre coins du monde : un hôtel, des maisons, un bar, une école, une maison de poulets et maintenant un supermarché. Elle, elle aura seulement raturé des milliers de feuilles de papier, et pas une pour Aval, pas une pour la mère.

Paule s'enferme dans la salle de bains. Très doucement, elle se met à piailler, de longues phrases de poule. Les piaillements deviennent une prière lancinante. Les murs de la salle de bains lui répondent. C'est la mère qui revient. Elle piaille plus fort. Sa voix déraille.

XXII

Les poulets obtiennent l'appellation bio. Les inspecteurs se troublent un peu devant le plastique environnant, mais les critères sont respectés : les échantillons analysés en laboratoire ne contiennent pas d'intrants d'origine chimique. Aucun organisme génétiquement modifié ne brouille la qualité de la viande. Le terrain d'élevage, lui aussi examiné de près, n'a pas reçu de pesticide. Enfin, la consignation écrite détaillée des étapes de production et de vente remplit toutes les conditions. Cela fait un logo de plus à positionner sur l'emballage et moins d'espace pour la biographie.

L'entreprise gagne en prestige, ça clouera le bec à leurs détracteurs, à ceux qui commencent à douter de l'authenticité de Paule. Fernand envoie un message de remerciement à l'équipe : « Ce qui va changer pour nous. » Il dit : « Il faut célébrer. »

La salle de réunion est transformée par des guirlandes de papier mâché qui annoncent en toutes lettres « Festivités ». Il y a du champagne et des petits-fours au poulet. Les deux mets ont de la saveur ensemble. Paule se colle contre un mur. Pas un seul animal, évidemment. Peut-être dansent-ils entre eux, détendent-ils leurs pattes et leurs muscles raidis par le gazon artificiel, agitent-ils leurs ailes en rythme sur une musique imaginaire, se disant : « On est bio, enfin bio. »

Fernand la repère vite. Il lui semble que quelque chose a changé dans son sourire. S'est-il fait refaire les dents ?

— Panache et Louis ne sont pas avec toi ?

Elle hausse les épaules. Elle ne les a pas invités.

— En fait, tout ça, ça ne t'a pas changée.

Il éclate de rire, et un instant, Paule reconnaît le rire du marché, dans la veste d'explorateur. Ce rire semble sortir d'un autre corps : celui de monsieur Rabatet, patron des poulets de Paule, un homme rectangulaire comme un poisson pané.

Plus loin, les scénaristes discutent avec de grands gestes, statiques sur leurs pieds, se refusant à démontrer leur joie. Hadrien n'est pas là, Paule l'envie d'avoir eu le courage de sécher l'événement. Elle s'approche du groupe. Les têtes se tournent vers elle, lui sourient sans s'interrompre. Les scénaristes parlent bas. Yann fixe Cléa : « Toi tu crois que tu serais la même si tu n'avais pas grandi à la capitale ? » Son ton est agressif.

— Pour l'essentiel, oui. Je m'habillerais sans doute plus mal, mais sinon…

Leurs rires explosent. De longs sons qui coupent la conversation. Les rires prolongés ressemblent souvent à des cris d'animaux, surtout lorsqu'ils sont alcoolisés. Paule les interrompt.

— Vous savez où est Hadrien ?

Les rires se suspendent tout à fait. Yann brise le silence :

— Il est parti. Il a donné sa lettre de démission à Fernand juste avant la soirée.

Il arbore son petit sourire satisfait, le même qu'il réserve à Fernand lorsqu'il le croise dans les couloirs, celui qu'il ne donne jamais aux poulets. Cléa ajoute :

— On pensait qu'il te l'avait dit.

Paule n'entend plus, elle se détache du sens des mots pour se laisser porter par les voix inharmoniques. Hadrien l'a quittée. Ce n'est pas la tristesse qui l'envahit, mais un sentiment plus diffus, un blocage du diaphragme.

Les scénaristes ont repris leurs discussions, avec le sourire qui les scie, des fentes au milieu des visages. Les sons se martèlent. Leurs mots évoluent en piaillements. Fernand invite la salle à porter un toast aux poulets. Paule ne lève pas son verre. Elle cible Jonas. Jonas en morceaux. Sa cicatrice allongée à la naissance du crâne, son coude pointu semblable à une flèche, et elle a envie de l'écrire. Une pulsion la ranime, qui se situe entre sa main et sa tête.

XXIII

Paule ne travaille pas le samedi. Elle pourrait, si elle le souhaitait ; quelqu'un qui caresse et dit bonjour, même le week-end, dans la vie d'un poulet, ça fait partie des choses qui comptent.

Au matin, Panache se trouve à ses côtés dans le lit. Il lui faut quelques secondes pour comprendre que ce n'est pas Louis. Ses plumes sont douces. Un poulet pourrait suffire à son équilibre. C'est peut-être ce qu'avait découvert sa mère après tout, que Théodore était le seul qui valait la peine. Elle ne voulait pas qu'il lui survive.

Le sol est froid. Doucement, elle ouvre la porte de la chambre. Louis se tient au milieu de la pièce. Sa maquette de magasin, toute blanche, rectangulaire et spacieuse, est achevée. Il sourit tendrement et prend la main de Paule.

— J'aimerais que l'on fasse quelque chose ensemble, juste tous les deux. Est-ce que tu veux m'accompagner au supermarché ?

Il désire lui montrer son œuvre dans les

rayons, la réconcilier avec les poulets, qu'elle comprenne qu'elle n'a pas à se blâmer d'être une mère nourricière pour leur ville. Ensemble, ils ne parlent plus jamais de poulet, sinon des besoins domestiques de Panache, que Louis persiste à appeler Aval. Le déni peut être puissant.

Pour un couple, c'est reposant un supermarché, tout ce dont on a besoin est à portée de main. Paule accepte. Ils n'emmènent pas Panache.

Louis saisit un panier, c'est un grand panier rouge que l'on a envie de remplir. Sa forme est adaptée aux conserves et aux surgelés, et même aux corps animaux entiers. Un gardien en uniforme bleu, assorti à la lumière, marque le seuil. Il les observe entrer, pousser le tourniquet, et Paule se sent gênée de ce regard, il pourrait avoir l'intuition qu'ils ne sont pas venus consommer. Paule serre la main de Louis ; ils traversent les rayons comme des paysages, lentement, en silence, admirant les couleurs, contournant les caddies mal alignés.

Ils font semblant de ne pas savoir où se rendre ; c'est difficile de se perdre dans les allées parfaitement droites, ça demande une disposition mentale toute particulière. Leurs pas les mènent près des déodorants, Louis lève les yeux. Paule sent son plaisir d'être ici. Depuis son adolescence, il aime les supermarchés. Pendant ses études, c'était l'unique endroit non social qu'il lui restait. Un endroit sans paroles, où l'on voit du monde sans dialoguer, où l'on peut être seul face à la masse d'articles. En accédant à la ville, à certains quartiers, on accède aussi à une nouvelle gamme de magasins, aux allées plus larges remplies de produits sophistiqués. Ici, les déodorants sont pour la plupart biologiques. Louis ne tend pas la main vers eux, il se contente de les caresser des yeux.

Leur panier roule, parfaitement vide, à leur côté. Louis marche devant.

Ils arrivent au rayon frais. Ses poulets sont là, c'est même la première chose que l'on remarque, une tour de viande qui penche à peine ; les poulets vivants ne forment pas des files si droites.

Trente euros l'unité, de différentes tailles, l'entreprise ne vend pas au kilo. Leur emballage est tendu autour de leur corps. Le plastique transparent laisse apparaître la chair bien claire, lavée du sang. Le poulet cru a une teinte rosâtre. Sa couleur vire au gris dès qu'il commence à pourrir. Si la viande semble plus grise que rose, il est probablement déjà trop tard. L'étiquette verticale les recouvre de l'aile jusqu'au croupion. Alfou, Quentin, Bluet. Paule ressent une petite fierté, de voir son œuvre exposée dans les rayons.

Il est possible que la mère ne soit jamais entrée dans un supermarché.

Le regard de Paule se détourne, ses yeux tombent sur d'autres étiquettes de son entreprise, plus bas sur l'étagère frigorifique. Ce ne sont pas des poulets entiers qui portent sa marque mais des animaux déchirés, désossés.

Des ailes de poulet, du blanc, des nuggets s'agglutinent, moins organisés, garnis du même logo « Les poulets de Paule ». Les biographies s'affichent dessus sans la moindre gêne.

Elle n'a pas validé ça. Sur un emballage de nuggets elle lit : « Cajun adorait se rouler dans des épices et se recouvrir de flocons d'avoine. Quoi de plus amusant ? Maintenant Cajun aime être accompagné de salade. »

Paule a un haut-le-cœur. Elle attrape le paquet de nuggets à l'ouverture facile, en déchire l'extrémité, sent la viande pour discerner l'odeur de ses poulets. Les nuggets sont un mélange de chair. Sur de telles biographies, il faudrait réaliser des éloges croisés. Reconnaître les mélanges de caractère. Louis panique : « Pose ça, Paule, on va nous voir. » Fernand et elle ont débattu des problèmes de traduction que créerait l'internationalisation, de nombre de biographies/jour, de la possibilité d'un code-barres renvoyant vers des vidéos du poulet dans son environnement, mais pas de nuggets. Ça n'a pas de sens, ses beaux poulets en nuggets. Louis presse son bras : il veut trouver la sortie. Est-ce qu'il était au courant ? Paule lui donne un petit coup de pied et il s'éloigne. Elle aimerait le ranger dans le caddie pour qu'il se tienne tranquille. Elle serre les nuggets dans sa main. Leurs formes sont diverses. Paule voue une haine aux aliments géométriques, aux angles dans la nourriture. L'un d'eux a l'air d'un cou de girafe. Elle pourrait les croquer.

« Colombo est excellent et très facile. Il sera heureux lorsqu'il sera mariné, salé, poivré et recouvert de cumin, et les enfants aussi. »

Paule pense : au moins, les cendres de ma mère n'ont pas été recouvertes de plastique.

XXIV

Chez elle, Paule caresse Panache. Elle applique une pression modérée sur la ligne de son dos. À quelle vitesse va sa main ? Trois centimètres par seconde peut-être, lentement. Que ressent le volatile à ce moment-là ? Panache est immobile. Paule imagine sa peau dotée d'une panoplie de terminaisons nerveuses qui envoient des signaux électriques à la moelle épinière et au cerveau, des signaux de plaisir sans doute. Ça ne la calme pas. Rien ne concorde. Le raisonnement dans sa tête ne varie pas : trop de poulets morts, pas assez de poulets vivants. Comment multiplier le nombre de poulets morts ?

Quand elle pense aux scénaristes, sa main sur Panache se fait plus dure. Hadrien a dû écrire des biographies de poulets mixés. C'est sans doute dans une annexe au contrat. Si les biographies de scénaristes se mélangeaient, ça donnerait des nuggets. Elle prend le stylo, et ça sort comme une rage. Sa biographie, il pourra se la coller sur le front.

HADRIEN

Hadrien aime les gens comme les poules, et les poulets comme les gens. L'amour coule en lui comme le sang. Il tient sans doute cet amour de ses racines, dont on ignore où elles se situent. Mais lorsque l'on ne connaît pas ses racines, tout pousse de travers, l'amour comme le reste.

Elle se relit. Ce n'est pas très bon, mais ça fera l'affaire. Elle clique sur envoyer. C'est une menace qu'elle lui adresse. Les mots n'ont plus d'innocence.

XXV

Paule roule vers le plus grand supermarché de la ville, on en parle comme ça, avec fierté. Avoir un centre commercial aussi imposant avec toutes ces galeries creusées pleines de lumières, celle du jour et celles des néons colorés, dans une ville moyenne, ce n'est pas commun. Les gens de l'autre côté de la frontière y viennent parfois, bien que les prix soient plus avantageux dans leur pays. Maintenant, le supermarché de Louis lui fera concurrence.

Elle s'enfonce dans les rayons, jusqu'à la viande. Derrière une vitre bien lavée, Paule aperçoit l'objet de sa quête : une montagne organisée de poulets sur cinq rangées. Elle les compte, doigt sur la vitre pour ne pas perdre le fil. Ils sont cinquante, un beau chiffre rond, tous datés de la veille et bons pour la consommation sept jours encore.

Paule ouvre la vitrine et se saisit d'un poulet, c'est Jacques, elle se souvient de sa biographie, elle est tentée de la relire, mais ce n'est pas le moment. Elle le pose sur le sol carrelé et blanc, très propre, sort son smartphone et prend la photo. Il faut juste voir l'étiquette, la viande n'est pas nécessaire. C'est flou, on discerne mal le nom. Son téléphone fait automatiquement le point sur la chair dodue. Elle le règle, l'écriture doit être bien lisible. Quand elle en a fini avec Jacques, elle le jette sur le sol. Elle s'en veut un peu d'être si brusque, mais le temps est précieux. Elle reproduit le même manège avec Hugues, Arthur, Éloïs, Edwige, ses mouvements sont de plus en plus assurés, ses photos mieux cadrées. Ils passent tous devant l'objectif. Un vrai shooting. Elle est méticuleuse, il faut être bien organisée, ne pas photographier deux fois le même. Après un moment, elle ne fait même plus attention aux noms. Dire qu'un jour, ils ont été des poulets avec des sentiments et des caractères. Une fois la preuve enregistrée, elle aura tout le loisir de se pencher à nouveau dessus.

Alors qu'elle se saisit de son vingt et unième poulet, constatant avec satisfaction que la montagne en vitrine s'est considérablement affaissée, Paule entend le bruit reconnaissable d'un caddie qui avance dangereusement. C'est une vieille dame qui le conduit. Il est déjà bien rempli, et Paule se demande comment la vieille dame aux bras si menus va réussir à porter tout ça jusque chez elle. Le chariot s'arrête devant la vitrine des poulets, proche de Paule. La vieille dame a le teint rouge, de la viande sous la peau. Elle s'approche de l'étalage, timidement d'abord, puis contorsionne son corps pour faire comprendre à Paule qu'elle la gêne. Elle veut accéder à la volaille : « Pardon », dit-elle, et elle tend ses bras vers la vitrine ouverte. Paule s'interpose, elle met tout son corps devant ses poulets. Elle tient Carnage dans sa main droite : « Vous ne devriez pas, madame, ce n'est pas bon, ni pour vous, ni pour lui. » La vieille dame esquisse un geste de recul, puis sa tête se penche vers le poulet détenu par Paule. Elle n'hésite pas et se jette sur lui, elle est étrangement agile, son corps se déplie, ses poings se serrent sur l'emballage. Elle a arraché Carnage pour le fourrer dans son caddie, sans un regard pour la biographie.

La vieille semble satisfaite, déjà elle scrute d'autres rayons à la recherche d'un prochain repas. Paule a encore du travail, il ne faut pas perdre de temps. Tant pis pour Carnage. Elle attrape Constance, l'installe au sol, positionne son smartphone, mais déjà d'autres pieds s'approchent. C'est un vendeur alerté par la vieille.

— Excusez-moi, ces produits sont au rayon frais, si vous les sortez ils seront impropres à la consommation.

— Ce sont mes poulets.

Le vendeur recule doucement, comme devant un prédateur qui pourrait attaquer, surtout ne pas tourner le dos, ne pas baisser le regard. Paule pointe l'étiquette, avec le logo et son prénom marqué en grand dessus.

— C'est moi Paule.

Par prudence, le vendeur s'éloigne davantage. Paule examine la vitrine ouverte et les poulets déjà photographiés dans le caddie : il en reste quinze en rayon, mais la sécurité va arriver, se dit-elle, et elle n'a nulle intention d'être coffrée pour la journée. Elle passe par les cosmétiques pour perdre dans le labyrinthe des rayons les éventuelles forces envoyées afin de la neutraliser.

Les supermarchés à l'intérieur de la ville lui offrent moins de résistance. Elle apprend à sourire, à tendre les poulets aux acheteurs comme il se doit lorsque quelqu'un s'approche. Quand un vendeur la voit faire, il ne lui pose pas de question, elle anticipe et lance : « C'est pour mes enfants », et le vendeur arbore un rictus compréhensif. Le client est roi. Elle reproduit la même opération jusqu'au soir, c'est difficile de rester concentré sous la lumière aux néons des supermarchés.

Chez elle, Paule entreprend de tirer les photos sur sa vieille imprimante de bureau. Ça sort mal, les jets d'encre crachotent. La porte est fermée pour que Louis n'entre pas. Les feuilles jaillissent une à une. Paule tourne autour de l'imprimante, comme dans une danse indienne, comme pour lui enjoindre de se dépêcher, d'aller au bout de son travail. Quand les huit cents photographies, les huit cents étiquettes, sont sorties en mauvaise définition, Paule respire.

Elle attrape des punaises, placarde Jacques sur

les murs pour mieux le voir, se saisit des photos des biographies de Francine, Pois, Causette, Ping, Pong, Palavas et Perpignan et les accroche au-dessus du bureau. Sur la porte, les vies de Poivre, Fiona, Pauline s'affichent. La pièce se transforme en mausolée. Les lettres ont tremblé, il y a des bavures.

Des doublons apparaissent. Elle les positionne les uns par-dessus les autres, les feuilles s'empilent : la vie de Judas en plus de sept exemplaires.

Sept fois le même poulet, est-ce que c'est toujours le même poulet ?

Sur les murs en placo de son bureau se révèle le manque d'authenticité de toute son entreprise. Les hommages sont imprimés à la chaîne. Les poulets meurent inconnus. Leur caractère ne compte pas. Alors, on peut bien leur faire ce que l'on veut. Les attraper pour les fourrer vivants dans un sac, multiplier leurs vies, piller leurs tombes. Ses larmes se mettent à couler. Pauvres poulets tatoués de la vie d'un autre. Ils n'ont plus d'histoire. Ce ne sont plus que des vies best-sellers sous vide.

XXVI

Il est tard déjà lorsque Paule se met à rouler. Avant de partir, elle a posé un baiser solennel sur le sommet de l'urne, comme pour embrasser le front de la mère avant un long voyage. Puis elle a emporté la carabine. Elle n'a pas réveillé Louis. Il n'aurait pas compris.

La ville est calme et elle se dit : vraiment, je n'appartiens pas à ce lieu si loin de moi. La maison n'a pas de forme dans la nuit. Elle ne sonne pas, la porte n'est pas fermée à clé. Fernand ne craint rien chez lui. Paule entre, appuie sur l'interrupteur et les pièces apparaissent.

Elle s'installe dans le salon, là même où elle s'était assise lors de sa première visite. La musique classique lui revient, quelques notes dans l'oreille de la soirée de Noël. Les meubles n'ont pas changé.

Parfaitement au-dessus d'elle, le plancher craque. Paule se dit que Fernand l'attendait. Et pourtant, et c'est une réaction de poulet, elle reste là, malgré la certitude qu'elle est au mauvais endroit, que Fernand est une personne funeste.

Il apparaît dans l'encadrement de la porte. Il porte un costume et cela inquiète Paule, cet accoutrement trop formel dans la quasi-pénombre de la nuit. Malgré les cheveux gominés, le costume et les chaussures, Paule ne voit pas Fernand mais un animal tapi dans l'ombre. Une belette. Il s'avance vers elle, on dirait qu'il a pris dix années d'un coup. Paule imaginait qu'au vu des circonstances, ils auraient pu se serrer dans les bras. Ils retrouvent leur position du dîner de Noël. C'est loin, pense Paule. Elle comprenait alors les hommes, les poulets, et chaque chose était bien à sa place. Sa mère était déjà morte. L'attaque est cruciale, elle l'a répétée, elle veut le cuisiner jusqu'à plus soif. C'est vital pour elle qu'il lui explique. Elle le laisse pourtant commencer.

— Tu ne peux pas débarquer comme ça en pleine nuit. On t'a cherchée partout ces derniers jours. Les scénaristes ont eu peur quand tu leur as envoyé leurs biographies.

— Mais toi, tu as trouvé ça drôle.

— Toutes tes idées sont drôles.

Soudain, il semble fatigué. Alors il reprend, et sa voix n'est plus la même.

— Mais toi, tu ne l'es pas.

— Ce que l'on fait n'a jamais été censé être drôle. Dans combien de supermarchés on vend ?

Fernand ne répond pas, il écarquille les yeux. Il veut faire tenir l'illusion de leur entente le plus longtemps possible.

— Je ne sais plus, ça change en permanence. Je n'ai plus le temps de regarder ça de près.

Elle répète :

— Dans combien de villes on vend ?

— Dix, je crois.

— C'était dix quand on a commencé. Pourquoi je valide toujours le même nombre de biographies ?

Paule laisse le silence s'installer entre eux puis porte la main à son sac. Lentement, elle lui tend Aigre. Fernand vacille. Il ne regarde pas le poulet. Elle reprend.

— Ce sont des blancs de poulet que l'on a appelés Aigre.

— On les fait avec les poulets qui ne sont pas présentables entiers. Tu étais au courant. Tu as signé un papier pour autoriser la vente de poulet sous toutes ses formes. Ça fait partie de l'accord de base. Depuis le début, nous avons le droit de le faire. Nous n'en avons pas parlé, parce que je savais que tu n'allais pas comprendre. Et ce n'est qu'un détail. Ils sont morts, Paule, qu'ils soient entiers ou en morceaux.

— Et leurs biographies ?

— Quelles biographies ? Ce sont des recettes avec le ton de la marque. Si ça ne te va pas, tu peux en parler à ton équipe. Ce sont tes scénaristes aussi qui les écrivent.

— Louis est au courant, de tout ça ? Depuis le début ?

Fernand baisse les yeux une seconde.

— Paule, qu'est-ce qui ne va pas ?

Le doute se diffuse en elle, c'est dans les battements de son cœur que c'est le plus perceptible.

— J'ai vu les biographies en double, en triple. On ne sait même plus à quels poulets appartiennent les corps.

Elle laisse ensuite vivre un long silence, comme si elle était en train de se réinitialiser. Fernand reprend.

— J'ai préparé de nouveaux contrats, que tu puisses t'éloigner si tu en as envie. Je pensais qu'on pouvait y arriver ensemble. Je ne sais pas pourquoi tu tiens autant à ce que l'histoire soit vraie. L'important c'est qu'elle existe, non ?

XXVII

Paule a rejoint l'observatoire. Elle voulait pénétrer dans la salle de vie, c'est ce qu'elle s'était dit, qu'elle se percherait sur un des jeux des poulets, mettrait ses mains en porte-voix et leur raconterait ce qu'elle a découvert, mais elle n'a pas eu ce courage. Il aurait fallu leur avouer qu'elle s'était trompée. Leur promettre qu'elle n'était pas au courant, pour leurs noms et leurs chairs mélangés.

Les poulets dorment encore. Certains sont solitaires, ils se sont nichés en hauteur, immobiles, d'autres se sont agglutinés, en nœud, leurs plumes collées, comme Louis et elle, avant. Un poulet somnambule arpente le champ, observe ses congénères perchés. Il semble qu'il les surveille. Qu'est-ce qui l'empêche de s'abandonner au sommeil ? Peut-être sait-il ce qu'il advient des poulets quand ils sont mûrs.

Ils ne peuvent pas rester là pour finir en nuggets mal nommés.

Dans quelques heures il fera jour.

Elle aimerait qu'ils lui soufflent une solution pour s'en sortir. Il n'y a même pas de fenêtre pour s'échapper, il faut que ce soit par la porte, et le gardien ne la laissera pas faire. Elle n'est que leur moitié de propriétaire. Elle ne peut pas les libérer, dans la rue ils ne survivraient pas une journée. Elle les imagine déjà écrasés au milieu d'une artère passante, ou transformés en ballons de foot pour petits citadins. Fernand ne cédera rien. Il n'y a plus d'ordre, juste un trou noir dans sa tête. Elle ne voit que le mouvement informe de bêtes qui gesticulent.

À la ferme, les prédateurs ne mettent pas tout en péril.

Ce n'est pas encore l'aube mais elle allume le ciel – le soleil se lève jusqu'au zénith. Elle appuie si fort sur le bouton qu'il se bloque. Elle ne veut pas que quelqu'un change ça, que la nuit tombe à nouveau sur eux, d'un nouveau cycle.

Elle quitte l'observatoire pour entrer dans la salle de vie où il fait jour, où il fait chaud. Les poulets s'éveillent. Pour la dernière fois, ils croient au matin.

XXVIII

C'est Jonas qui arrive en premier sur les lieux. On lui a décrit l'événement, ce qu'il trouverait en entrant, avec des mots nombreux et précis. L'inspecteur a insisté sur la dimension anxiogène de cette affaire tout en émettant une réserve : « Ça reste des poulets. Avec de vrais corps, c'est autre chose. » Jonas a pensé que les poulets aussi avaient de vrais corps, des têtes et puis des cuisses. Il sait que Paule n'a pas tué des poulets, mais ses semblables.

Pourtant, lorsqu'il entre dans la salle de vie (c'est absurde, songe-t-il, ce nom avec tant de morts dedans), là même où chaque jour de ces derniers mois il s'est rendu pour observer les animaux, il n'arrive pas à saisir. Maintenant les poulets ont l'air de nuggets sanglants et le champ d'un immense plat de viande. Ça lui fait monter les larmes aux yeux. Il se dit : Paule a tué ses petits.

On lui demande s'il aurait cru ça possible, s'il l'a vu venir, et il ne sait pas réagir. Il pense aux prédateurs dans le champ, aux prédateurs acharnés capables de déchiqueter un élevage entier de poulets, dont Paule leur avait conté l'histoire. Il pense à la salle d'abattage au-dessous d'eux, et il ne répond rien.

L'odeur du sang prend violemment la tête. Il n'a jamais assisté à une exécution. Il connaît la procédure, mais il n'a pas senti le sang des bêtes, ni la peau brûlée lorsqu'on leur retire les plumes. Maintenant, il respire la mort.

XXIX

Louis est à l'envers sur le lit, ses pieds posés sur l'oreiller. Paule n'arrive pas à deviner le titre du livre qu'il tient. Il a peut-être tenté de lui en parler, il est déjà bien entamé. Paule aime l'idée que les phrases qu'il a sous les yeux ne sont qu'une fiction, il n'a sans doute fallu tuer personne pour les tracer. Chaque mot qu'elle couche sur le papier appelle la mort. Elle ne pourrait pas écrire de lettres d'amour.

Elle prend garde à ne pas bouger pour ne pas craquer. Il ne l'a pas entendue entrer. C'est beau de l'observer ainsi sans qu'il la voie. Il se contente de dériver, nonchalant, sans densité apparente. Sa sensualité est pour lui-même. Avec l'une de ses paumes, il effleure le drap sous lequel ils s'assoupissent ensemble chaque soir. Un geste lent, comme les caresses de Paule sur la tête des poulets, jadis, à la ferme. Sa lecture l'absorbe. Panache est à ses côtés, dans son panier pour chien, endormi en grosse boule. Sa respiration soulève à peine, par intermittence, son corps.

Il ne reste qu'une balle dans le canon, Paule aimerait que Louis la console de cette pensée. Elle aimerait qu'il soit docile, qu'il ne crie pas à sa vue et qu'ensemble ils écrivent leurs biographies, des biographies d'amoureux qui seraient publiées dans le journal. Elle aimerait qu'il comprenne qu'elle n'avait pas le choix. Bientôt, la tendresse aura disparu. Il voudra fuir, comme les poulets à la ferme.

Le genou de Paule craque, puis son cou. Louis lève les yeux. Il la voit. Elle est très rouge, avec tout ce sang sur elle. Panache, lui, reste endormi, paisible. Elle devrait lui donner une dernière caresse, qu'il ne lui en veuille pas.

Elle tire.

Louis crie et dans son cri c'est un piaillement d'amour qu'elle entend.

LOUIS

Indolent, oisif, rêveur, délicat, Louis passa toute sa vie dans la même ville, son territoire. Il choisit pourtant une femme exogène. Il avait envie d'un enfant, pour couver, se reproduire. Il n'en eut pas. Il aima par-dessus tout jouer, courir, créer et imaginer les nids des autres, et c'est dans le sien qu'il succomba.

PAULE

Écrire, tuer.

REMERCIEMENTS

Aux chers scénaristes qui se sont épris avec moi de poulets : Andreas B. Krueger, Marine Louvet, Carine Salgas et Hadrien Cousin.

À Arthur, Vincent et Dorothy pour leur présence et leurs lectures tout au long de ce périple.

Et à ma mère, pour tout.

DE LA MÊME AUTRICE

Aux Éditions P.O.L

LE CHANT DU POULET SOUS VIDE, 2020 (Folio nº 6996). Prix du Roman d'écologie 2021

COLLECTION FOLIO

Dernières parutions

6814. Georges Rodenbach — *Bruges-la-Morte*
6815. Margaret Mitchell — *Autant en emporte le vent I*
6816. Margaret Mitchell — *Autant en emporte le vent II*
6817. George Eliot — *Felix Holt, le radical.* À paraître
6818. Goethe — *Les Années de voyage de Wilhelm Meister*
6819. Meryem Alaoui — *La vérité sort de la bouche du cheval*
6820. Unamuno — *Contes*
6821. Leïla Bouherrafa — *La dédicace.*
6822. Philippe Djian — *Les inéquitables*
6823. Carlos Fuentes — *La frontière de verre.* Roman en neuf récits
6824. Carlos Fuentes — *Les années avec Laura Díaz.* Nouvelle édition augmentée
6825. Paula Jacques — *Plutôt la fin du monde qu'une écorchure à mon doigt.*
6826. Pascal Quignard — *L'enfant d'Ingolstadt. Dernier royaume X*
6827. Raphaël Rupert — *Anatomie de l'amant de ma femme*
6828. Bernhard Schlink — *Olga*
6829. Marie Sizun — *Les sœurs aux yeux bleus*
6830. Graham Swift — *De l'Angleterre et des Anglais*
6831. Alexandre Dumas — *Le Comte de Monte-Cristo*
6832. Villon — *Œuvres complètes*
6833. Vénus Khoury-Ghata — *Marina Tsvétaïéva, mourir à Elabouga*
6834. Élisa Shua Dusapin — *Les billes du Pachinko*

6835.	Yannick Haenel	*La solitude Caravage*
6836.	Alexis Jenni	*Féroces infirmes*
6837.	Isabelle Mayault	*Une longue nuit mexicaine*
6838.	Scholastique Mukasonga	*Un si beau diplôme !*
6839.	Jean d'Ormesson	*Et moi, je vis toujours*
6840.	Orhan Pamuk	*La femme aux cheveux roux*
6841.	Joseph Ponthus	*À la ligne. Feuillets d'usine*
6842.	Ron Rash	*Un silence brutal*
6843.	Ron Rash	*Serena*
6844.	Bénédicte Belpois	*Suiza*
6845.	Erri De Luca	*Le tour de l'oie*
6846.	Arthur H	*Fugues*
6847.	Francesca Melandri	*Tous, sauf moi*
6848.	Eshkol Nevo	*Trois étages*
6849.	Daniel Pennac	*Mon frère*
6850.	Maria Pourchet	*Les impatients*
6851.	Atiq Rahimi	*Les porteurs d'eau*
6852.	Jean Rolin	*Crac*
6853.	Dai Sijie	*L'Évangile selon Yong Sheng*
6854.	Sawako Ariyoshi	*Le crépuscule de Shigezo*
6855.	Alexandre Dumas	*Les Compagnons de Jéhu*
6856.	Bertrand Belin	*Grands carnivores*
6857.	Christian Bobin	*La nuit du cœur*
6858.	Dave Eggers	*Les héros de la Frontière*
6859.	Dave Eggers	*Le Capitaine et la Gloire*
6860.	Emmanuelle Lambert	*Giono, furioso*
6861.	Danièle Sallenave	*L'églantine et le muguet*
6862.	Martin Winckler	*L'École des soignantes*
6863.	Zéno Bianu	*Petit éloge du bleu*
6864.	Collectif	*Anthologie de la littérature grecque. De Troie à Byzance*
6865.	Italo Calvino	*Monsieur Palomar*
6866.	Auguste de Villiers de l'Isle-Adam	*Histoires insolites*
6867.	Tahar Ben Jelloun	*L'insomniaque*
6868.	Dominique Bona	*Mes vies secrètes*
6869.	Arnaud Cathrine	*J'entends des regards que vous croyez muets*

6870. Élisabeth Filhol	*Doggerland*
6871. Lisa Halliday	*Asymétrie*
6872. Bruno Le Maire	*Paul. Une amitié*
6873. Nathalie Léger	*La robe blanche*
6874. Gilles Leroy	*Le diable emporte le fils rebelle*
6875. Jacques Ferrandez / Jean Giono	*Le chant du monde*
6876. Kazuo Ishiguro	*2 nouvelles musicales*
6877. Collectif	*Fioretti. Légendes de saint François d'Assise*
6878. Herta Müller	*La convocation*
6879. Giosuè Calaciura	*Borgo Vecchio*
6880. Marc Dugain	*Intérieur jour*
6881. Marc Dugain	*Transparence*
6882. Elena Ferrante	*Frantumaglia. L'écriture et ma vie*
6883. Lilia Hassaine	*L'œil du paon*
6884. Jon McGregor	*Réservoir 13*
6885. Caroline Lamarche	*Nous sommes à la lisière*
6886. Isabelle Sorente	*Le complexe de la sorcière*
6887. Karine Tuil	*Les choses humaines*
6888. Ovide	*Pénélope à Ulysse* et autres lettres d'amour de grandes héroïnes antiques
6889. Louis Pergaud	*La tragique aventure de Goupil* et autres contes animaliers
6890. Rainer Maria Rilke	*Notes sur la mélodie des choses* et autres textes
6891. George Orwell	*Mil neuf cent quatre-vingt-quatre*
6892. Jacques Casanova	*Histoire de ma vie*
6893. Santiago H. Amigorena	*Le ghetto intérieur*
6894. Dominique Barbéris	*Un dimanche à Ville-d'Avray*
6895. Alessandro Baricco	*The Game*
6896. Joffrine Donnadieu	*Une histoire de France*
6897. Marie Nimier	*Les confidences*
6898. Sylvain Ouillon	*Les jours*
6899. Ludmila Oulitskaïa	*Médée et ses enfants*

6900.	Antoine Wauters	*Pense aux pierres sous tes pas*
6901.	Franz-Olivier Giesbert	*Le schmock*
6902.	Élisée Reclus	*La source* et autres histoires d'un ruisseau
6903.	Simone Weil	*Étude pour une déclaration des obligations envers l'être humain* et autres textes
6904.	Aurélien Bellanger	*Le continent de la douceur*
6905.	Jean-Philippe Blondel	*La grande escapade*
6906.	Astrid Éliard	*La dernière fois que j'ai vu Adèle*
6907.	Lian Hearn	*Shikanoko, livres I et II*
6908.	Lian Hearn	*Shikanoko, livres III et IV*
6909.	Roy Jacobsen	*Mer blanche*
6910.	Luc Lang	*La tentation*
6911.	Jean-Baptiste Naudet	*La blessure*
6912.	Erik Orsenna	*Briser en nous la mer gelée*
6913.	Sylvain Prudhomme	*Par les routes*
6914.	Vincent Raynaud	*Au tournant de la nuit*
6915.	Kazuki Sakuraba	*La légende des filles rouges*
6916.	Philippe Sollers	*Désir*
6917.	Charles Baudelaire	*De l'essence du rire* et autres textes
6918.	Marguerite Duras	*Madame Dodin*
6919.	Madame de Genlis	*Mademoiselle de Clermont*
6920.	Collectif	*La Commune des écrivains. Paris, 1871 : vivre et écrire l'insurrection*
6921.	Jonathan Coe	*Le cœur de l'Angleterre*
6922.	Yoann Barbereau	*Dans les geôles de Sibérie*
6923.	Raphaël Confiant	*Grand café Martinique*
6924.	Jérôme Garcin	*Le dernier hiver du Cid*
6925.	Arnaud de La Grange	*Le huitième soir*
6926.	Javier Marías	*Berta Isla*
6927.	Fiona Mozley	*Elmet*
6928.	Philip Pullman	*La Belle Sauvage. La trilogie de la Poussière, I*

6929. Jean-Christophe Rufin — *Les trois femmes du Consul. Les énigmes d'Aurel le Consul*
6930. Collectif — *Haikus de printemps et d'été*
6931. Épicure — *Lettre à Ménécée* et autres textes
6932. Marcel Proust — *Le Mystérieux Correspondant* et autres nouvelles retrouvées
6933. Nelly Alard — *La vie que tu t'étais imaginée*
6934. Sophie Chauveau — *La fabrique des pervers*
6935. Cecil Scott Forester — *L'heureux retour*
6936. Cecil Scott Forester — *Un vaisseau de ligne*
6937. Cecil Scott Forester — *Pavillon haut*
6938. Pam Jenoff — *La parade des enfants perdus*
6939. Maylis de Kerangal — *Ni fleurs ni couronnes* suivi de *Sous la cendre*
6940. Michèle Lesbre — *Rendez-vous à Parme*
6941. Akira Mizubayashi — *Âme brisée*
6942. Arto Paasilinna — *Adam & Eve*
6943. Leïla Slimani — *Le pays des autres*
6944. Zadie Smith — *Indices*
6945. Cesare Pavese — *La plage*
6946. Rabindranath Tagore — *À quatre voix*
6947. Jean de La Fontaine — *Les Amours de Psyché et de Cupidon* précédé d'*Adonis* et du *Songe de Vaux*
6948. Bartabas — *D'un cheval l'autre*
6949. Tonino Benacquista — *Toutes les histoires d'amour ont été racontées, sauf une*
6950. François Cavanna — *Crève, Ducon !*
6951. René Frégni — *Dernier arrêt avant l'automne*
6952. Violaine Huisman — *Rose désert*
6953. Alexandre Labruffe — *Chroniques d'une station-service*
6954. Franck Maubert — *Avec Bacon*
6955. Claire Messud — *Avant le bouleversement du monde*
6956. Olivier Rolin — *Extérieur monde*
6957. Karina Sainz Borgo — *La fille de l'Espagnole*
6958. Julie Wolkenstein — *Et toujours en été*
6959. James Fenimore Cooper — *Le Corsaire Rouge*

Composition Nord Compo
Impression Novoprint
à Barcelone, le 1er décembre 2021
Dépôt légal : décembre 2021
1er dépôt légal dans la collection : août 2021

ISBN 978-2-07-293684-5./Imprimé en Espagne.

440846